FLORET

READING

小花阅读

我们只写有爱的故事

青春阅读　幸得相见

小花阅读【摘星】系列02

远辰落身旁

八月末 著

百花洲文艺出版社
BAIHUAZHOU LITERATURE AND ART PRESS

八月末

BAYUEMO

小 花 阅 读 签 约 写 手

喜好不多，看书写文。
讨厌也少，逛街出门。
因生于八月，故以此为名。

代表作：《远辰落身旁》

YUANCHENLUOSHENPANG

前言 /QIANYAN
如果你知道

梅雨季节真是糟糕透了，洗了的衣服总是不知道什么时候能干，穿出去的鞋子总能感觉湿到了脚心，还有，我快发霉了。

就是在这样一个什么都快发霉的雨季，写了这个温暖甜蜜的故事。

写完之后，外面正好是雨过天晴的好天气，我一边把感觉湿透的被子拿出去晒，一边想着，这应该是一个什么样的故事呢。

不切实际的，胡思乱想的，或许都不是，它只是一个单纯的爱情故事。

一个我听着一首即使听不懂歌词，却依然会觉得甜蜜的歌时写完的故事。

写这个故事之前，我犹豫过。不确定，不擅长，没把握，这些都让我一度不敢写下去。

我应该用什么样的方式来表现这个它，能够看到某些发生在未来的事，到底意味着什么，而意外拥有它的人，要怎么在这个众生普通的世界继续下去，要怎么样面对它，又会发生什么样的改变。

有太多的问题存在我脑海，直到我发现，它或许不是一个复杂的事儿，能够看到未来的灾难，像是考验，又似恩赐，可就真的能够改变什么吗？

真正贪婪的人得到它只会更贪婪，真正胆小的人未必能学会勇敢，真正邪恶的人也不会就此回头。

本质的东西，不会因为某个意外获得的能力就有所改变。

未见拥有的时候，她纠结过，从怀疑真假到慢慢相信，从一开始的震惊，到习以为常，唯一没有变的是她善良的心。

会因为一个孩子的受伤而难过，会帮助一个刚见面的人而卷入是非，会在被绑架之后，还想着别人，照样会为了对手受伤。

说她蠢也可以，说她瞎操心逞英雄也没错，却不能否认她是善良的，或许没有她，事情照样会得到解决，结果也不会有多大的改变，可是她告诉自己，视而不见，是另一种残忍。

昨天我问我一个年纪很小的表妹，如果你能预见别人身上以后可能会发生一些不好的事情，你会怎么做？

"为什么要知道以后的事情呢？"她问。

"因为，我只是说如果啊。"

她似乎不是很开心，却还是勉为其难地回答："那当然要告诉他。"

你看小孩子总是这样，在那一套并不成熟的认知里，对错分明，且立场坚定。

　　我们总是会对未知的事情，抱有满满的好奇，不管是对人生，还是对于世界，有时候总是会想，它到底会是什么样子呢。

　　这或许是源于我们对未知的恐惧，因为恐惧，所以迫切地想知道。

　　未见也曾迷茫过，不知道自己说出来，大家会不会相信，不知道说出来后，会改变什么，于是到了后面，她每次都会直接提醒，却不说缘由。

　　而林栩之呢，他从一开始就不相信未见所谓的预知，一直到最后他也不相信，可他却一直陪在未见身边，哪怕不相信，也不阻拦她，默默守护。

　　最后，我想说。

　　写这个稿子的时候，我心情愉悦，希望看这本书的你们，也是开心的。

八月未

目录

YUANCHENGLUOSHENPANG

楔 子

———•———

星光？

那些从天空最远处纷纷扬扬落下来，星星点点的光亮，不正是星光吗，来自星辰的，美得让人窒息的光。

不，不是的！

那分明就是一张来自宇宙远处的血盆大口，所及之处，片甲不留。

这是苑山县最后经历的绚烂，亦是一场惨烈的毁灭。

毫无预兆的流星雨，或者不能称之为雨，单纯的只是陨石坠落，却让安静祥和的小县城在剧烈的动静后，陷入了长久的沉寂。

那强烈的撞击、剧烈的爆炸，几乎在一瞬间将这里化作了地狱。

四周连接的公路阻断，灾难最中心被巨大的陨石砸了个大洞，化作废墟。

越演越烈的火势，就算政府在事情发生后立即收到消息，从各处调派人员过来紧急救援，也根本进不去。

现在已经是凌晨两点，在断水断电的情况下，就算是科技再怎么发达，也派不上任何用场，这样史无前例的突发灾难，就连救援经验都派不上用场。

这样的情况一直持续了三个小时，到早上五点多才得到解决，控制火势准备救援。

可是，这样一场深夜造访的陨石坠落，这样一场连观测站都毫无察觉的灾难，在经历了三个多小时的大火之后，真的还有人活着吗?

就连救援经验丰富的紧急搜救领导都捏了把汗。

闻讯的记者已经赶了过来，从发现第一名遇难者开始，死亡的人数就呈直线上升。

到处都是匆忙穿梭的人，各种身份，各种职责，各种忙碌。

这种类型的突发性灾难，已经很多年没有出现过，又或者，几乎没有出现过。

明明知道可能已经没有任何奇迹，却没有一个人放弃。

这不是一个人定胜天的世界，原以为科学能够最大限度地改变这一点，一场灾难，又让人们回到原点，生命在灾难面前，脆弱得不堪一击。

暂时没有探测到任何生命迹象！

这样的答案，从各处传来，紧急救援的领导们也捏了把汗，他们已经以最快的速度，用最先进的设备，来开展救援，怎么能够什么都没有做到。

"这里！这里有生命迹象！"

在救援开展到下午两点的时候，在事件发生的十二个小时之后，终于……让人看到了希望！

不过，这真的是希望吗？

或者，这不过是唯一的一个奇迹。

远 辰 落 身 旁

第一章

平行宇宙

"还真是遗憾，你好像忘记了，我是这里的正式员工。"
"就当是吧，毕竟我连你都快要忘记了。"

01

　　"观众朋友们，大家好，现在是北京时间上午八点整，让我们来继续关注苑山县受灾的最新情况……"

　　空荡的病房内，只有电视的声音被无限放大，厚重的窗帘挡住了外面所有的光，病床上的人盯着正前方的电视，抿唇深思。

　　从事情发生到现在，已经过去将近一个星期，新闻还在轮番解说着苑山县的受灾情况，可这些新闻和五天前的又有什么区别呢。

　　她面色如常地看着新闻，在它结束的一瞬间，关掉电视，整个人向后一躺，让自己陷在勉强还算柔软的病床上。

　　还是只有她，苑山县遭遇的那场突如其来的陨石坠落，简称"3·18事件"，目前还是只有她一个幸存者。

　　天文学家已经就此次事件展开了相应的研究，这场在开始之前毫无预兆的陨石坠落，就连发生之后，也一直没有弄明白究竟成因为何。

可为什么，明明一直相安无事，而在她难得休假两天跑去玩的时候，就发生这样的事。

"秦未见，你是觉得自己活下来太幸运，非要把自己憋死吗？"

盖在头上的棉被被人一把扯掉，甚至连一大早没来得及拉开的窗帘也一并拉开，稍微有些刺眼的光轰然间照亮了整个房间。

未见不得不半眯着眼看着眼前的女人，高挑的身材让她不用看脸也已经知道身份，头发被烫成大波浪，随意地散在身后，因为没有化妆而不得不戴着墨镜，长款束腰的风衣散开着，可以看到那双好看的腿，哪怕穿着平底鞋，身高也足够给人造成压力。

"怎么这么久才来看我，你知道我这些天过得多么煎熬吗？"她有些不满地埋怨着。

好不容易提前结束行程着急赶回来，为了躲避记者还特意从后门偷着进来，居然连一句感谢都没有收到，这让燕沁瞬间垮下脸来，将带来的零食朝她身上扔去。

"把自己弄成这样，还好意思说这些，活该。"燕沁没好气地说。

未见试图转移话题，拿过那袋零食，随手挑了一包薯条撕开，吃了一口，才说："你这是引诱我犯罪，我最近正在减肥。"

"那你别吃啊。"燕沁瞪了未见一眼，找了个位置坐下，这才板着脸教训未见，"你说你，别人怎么玩都好好的，你就开车随便去个地方，就遇上这种事情。知道现在医院外面有多少记者吗，真是让人担心死了。"

未见不好意思地埋下头，她也不想这样的，这种事情又不是她能够控制得了的，要是一开始知道会发生这种事情，她一定哪儿都不去，乖乖地待在剧团排练。

最终，她只能默默地伸手拿过燕沁先前丢过来的零食，试图解释："我哪知道会发生那种事情，要是一早知道的话，我一定千方百计避开这场意外。"

燕沁敷衍地冲她笑了笑："还千方百计，怎么不说好自为之呢。"

"所以我这不是躲在这儿没敢出去嘛。"未见委屈地嘟着嘴，那双好看的大眼睛，配上那张略带婴儿肥的小脸，还真是让人心疼。

从事情发生到现在，除了几个主流的新闻媒体，秦未见没有再接受任何采访。

作为一个演员，她并不想过多地将生活曝光在大家面前，何况她只是一个话剧演员，她以为，演员只是一个职业，而她和普通人无异。

这个观点，燕沁一直很赞同。

相比较于那些靠着绯闻来炒作的所谓明星，未见反倒是多了几分艺术家的清高，所谓的出淤泥而不染。

不过，未见倒也是有绝对的资本来靠实力说话，她是漓京艺校那一届的佼佼者，甚至现在都还是老师教育学生的榜样。

"不说这些了。"燕沁摆了摆手，像是确认般仔细地盯着她看了半天，"你真的什么事都没有？"

未见抿着唇，真诚地点头。

"目前来说，是的。"她解释，"事情一发生我就晕倒了，现在整个人还是蒙的，鬼知道我到底经历了什么。"

说起这事，她也觉得奇怪，当时她还在外面玩，车开到半路遇上意外。她只记得那一刻那些强烈的光猛然出现，照得她睁不开眼，紧接着就听见轰轰隆隆的撞击声，颠簸间，她被甩出了车外，后来发生了什么，她全然不知。

听说那段路塌方很严重，前两天她堂哥秦潜来看她的时候，还告诉她，当时她开的那辆车，已经成了废铁。

燕沁心疼地伸手抱了抱未见，安慰着："没事就好，没事就好。"

被这样安慰的未见，忽然像是受到什么刺激，神色一沉，凝眸深思，眉头紧锁，最后伸手一把将燕沁推开。

燕沁不免有些疑惑，以为未见是哪里不舒服，自然跟着紧张起来："怎么了？"

"阿沁，我……"未见为难地看着燕沁，张了张口，欲言又止。

燕沁性子向来没什么耐性，没两下就着急了起来："你倒是说怎么了呀，急死个人。"

"我好像看见你出车祸了。"未见脸色紧张，甚至还带了点疑惑和担忧，却没有半点开玩笑的意味。

"你说什么？"燕沁惊愕。

未见认真地点头。

就在刚才，燕沁抱住她的时候，她脑中不知道怎么就出现了那些画面，像是电影放映一般。

她看见，燕沁撞了一辆车，虽然人没有出什么大问题，可撞上去的那一幕还是太真实，真实到她好像就站在旁边，看着这一切发生。

"我看见你在清源路撞了一辆车，对方应该是个商人，并不好惹。"未见将自己看到的那些毫无隐瞒地全都说了出来。

这事要是被别人听了去，要不就觉得未见有毛病，要不就认为她不怀好意，但是燕沁只是沉默了半晌，最后说了一句："未见，你知道你自己在说什么吗？"

对啊，她在说什么？

未见这才反应过来，为什么她意识里会突然出现这些东西，似乎还有一个声音在告诉她，这一切一定会发生。

"我也不知道。"未见为难地看着燕沁，不知道怎么解释这一切。

"那你说的这些都是真的？"

"我不知道，可是，你相信我说的吗？"未见小心翼翼地问。

她之所以能够那么毫无保留地说出来，是认为燕沁一定会相信她，可是当燕沁反问的时候，她有那么一瞬间的紧张。

她自己到底在做什么，对着一个从小玩到大的好友，说对方会发生车祸，这样的话，让人怎么接受。

"我当然相信，如果这是真的的话。"

相较于未见的紧张，燕沁倒是没怎么放在心上，担心未见胡思乱想，她不打算继续追问下去，不过却是真的相信未见说的这些。

燕沁知道未见在这方面向来谨慎，如果不是太紧张在意，也绝对不可能这样说出来。

可未见看到的那些，到底是不是真的会发生，未见心里也没底。

未见担忧地看着燕沁，问道："那现在怎么办？"

燕沁知道她在担心什么，伸手揉了揉未见的头发，安慰道："既然我们都不知道是不是真的，那不如去证实一下。"

"证实？"

燕沁认真地点头："对啊，看看你说的这些会不会发生。"

未见犹豫，在得知的时候来不及多想直接说出来，除了因为事情发生得太突然，更重要的是，她担心燕沁的安危。

"不行，万一是真的怎么办？"未见还是反对。

"万一你说的是真的，你觉得现在告诉我，我就真的能避开吗？"燕沁反问，"何况你自己不是也不确定不是吗？"

"这……"

是啊，现在没有人能够判断她意识里传达出来的东西，到底预示着什么，是警告还是预知，甚至连它的真伪都没办法判断。

燕沁知道她的顾虑，心里却也有别的打算。

未见经历了那么大一场事故，虽然表面看上去，好像没有什么事情，心里多多少少受了一些刺激，这种时候，她不能直接反驳未见。

何况，她也好奇，未见说的那些，到底会不会发生。

本来就是挤着时间赶过来的，中午，燕沁因为经纪人的一通电话，而不得不离开。

　　走的时候，未见还是有些不放心地叮嘱燕沁路上小心，虽然从她知道的情况上来看，除了刮花了一辆车，并没有人身危险。可谁知道，那到底是事实，还是只是一个预兆。

　　有些时候，不是迷信，而是宁可信其有。

　　在燕沁走后，医生来过一趟，进行了一些常规的检查，并嘱咐她好好休息。

　　说起这次的事故，到底还是疑点重重，未见被发现的时候，虽然好在不在车内，可听说还是被随即崩下的泥土给盖在了底下，挖出来的时候，人虚弱到不行。

　　所有人都被当时的情况吓死了，苑山县的医院连收都不敢收，只能做了简单的治疗，直接送往漓京。

　　那副样子，让所有人都捏了把汗，未见身上大大小小的伤口无数，未见的母亲——崔女士，在急诊室看了一眼还不等医生判断就直接晕了过去。

　　可明明看上去好像根本救不活的人，在送到漓京之后，一检查，并没有多大的伤口，虽说撞击造成了器官有一定的损伤，可也用不着手术，静养就好。

　　可崔女士不放心，担心可能还有别的伤检查不出来，就一直没有让她出院。到底是事故目前唯一的幸存者，医生也比较慎重，也就让她留院观察。

未见倒也没什么想法，现在外面风声正紧，她并不着急出去，医院为了保证病人不被打扰，安保系统做得很好，但是回到家，可就要她费劲周旋了。

加上她最近刚接了一部剧，打算重新从话剧回到电视剧市场，对于当年某些原因而被迫离开电视剧行业，再次回来这样的事情，本身就已经具有话题性，她不想在这个时候还去蹭热度。

未见躺在床上看新闻，虽然事情已经过去了好几天，可苑山县的事情还是占了大半个首页，再然后，就是一些零零碎碎的小新闻，倒也没有什么大事件。

看了半天，也没看到什么有价值的，却又怎么都睡不着，心里为上午猛然看到的场景而烦乱。

燕沁的电话打过来时让她一怔，随即迅速紧张起来。

"怎么了，你还好吧？"未见急切到连称呼都省去了，整个人像是悬在一根弦上，每根神经都绷在了一起。

燕沁那边缓了缓，声音听上去很是严肃："未见，是真的，你看到的那些是真的。"紧接着就是哀号声，"现在怎么办，我真的在清源路撞了一辆车，就在刚刚，那个人已经下车朝我这边过来。"

"你自己没事吧？"相比较于其他，未见更关心燕沁的情况。

"我没事，我没事，等会儿晚点去找你。"说着，在车窗传来敲击声的同时，燕沁果断地挂掉了电话。

未见看了一会儿手机，燕沁还能清醒地给她打电话，应该不算什么难事，只是……

是真的吗？那这到底是怎么回事，清楚得连细节都能知道，就像是能够提前预知一般，难道和这次意外有关？

对着忽然冒出来的这些问题，未见脑子有些混沌，不知应对。

成为"3·18事件"的唯一幸存者，或许来说，应该是一种幸运，而这突然尾随而来的未卜先知，又是怎么回事？

思索无果，未见烦躁地低吼一声，将自己埋在被子里，恨不得有人来告诉自己这只是一个梦。

下午，崔女士来过一趟，看了眼未见，见没什么事就又回去了。

燕沁来的时候，未见正坐在床上，对着面前一大堆吃的，轮流往嘴里送。

这是她郁闷时的一个表现，大概还在为那件事感到苦恼。也是，这种事情，放在谁身上，应该都不会立即消化掉吧。

　　看到燕沁戴着帽子进来，未见疑惑了一下，也不管嘴里还有东西，含含糊糊地问："你没事吧？"

　　燕沁摘下帽子，露出的额头微微青了一块，倒也不算严重："刹车的时候撞的，现在是有那么一点点疼。"

　　未见心疼地给她喂了一块苹果："人没事就好，接到电话的时候，我都紧张死了。"

　　"哎哟……"燕沁感动地捏了捏未见的脸，随即郁闷地说，"人是还好，可就因为这伤，下午老全看到的时候，恨不得打死我，就因为我明天还有杂志的拍摄。"

　　老全是燕沁的经纪人，在模特经纪人那块，能力很强，从她正式进入模特这一行开始，就一直带着她，在工作上，要求向来严格。

　　"就没有别的事情了？"看燕沁现在的表情，这点事应该不至于让她郁闷成这样。

　　"有啊。"燕沁不耐烦地撇了撇嘴，"我被那家伙讹去了不少钱。"

　　"那家伙？"

　　燕沁解释："就是我撞的那个，光修理费，都得让我不吃不喝几个月。"

　　"有钱人？"未见满不在乎地问。

　　"左氏。"

这下轮到未见感叹了，左氏是漓京的商业巨头，从祖辈开始，做餐饮起家，现在酒店餐饮娱乐基本都能看到它的身影，看来还真是让她撞到有钱人了。

只是未见有点不明白："左氏会缺这么一点钱？"

"所以我现在就很生气。"燕沁愤愤地说着，难平心头之恨，可到底自己是过错方，也就没有什么好抱怨的，转念又想起未见来，"你那个情况就只有今天出现过？"

未见点了点头："目前来说，是的。"

"不会是你想太多？"燕沁兀自揣摩着，但细想又觉得不是，"不存在啊，想太多不会连细节都知道。"

未见也想知道到底是怎么回事，没有发生意外没有受伤，还随即捎带赠品？

"你觉得是我想太多吗？"她眼睛骨碌碌地看着燕沁，模样楚楚可怜。

"难不成是什么后遗症？"

"就因为我被陨石砸了还没死？"

"也不是没有这个可能。"燕沁想了想，实在想不出到底为什么，只能摆了摆手，"算了算了，不想这些，反正目前来说也没什么不好，就暂时当礼物收着吧。"

未见赞同地点了点头，想了一个下午也没有想明白，干脆不想算了，这种越想只会越纠结的事情，还是留给实在躲不过的时候吧。

只是在燕沁离开的时候，未见还是忍不住道谢："阿沁，谢谢你。"

燕沁疑惑地看着她："嗯？"

"这么无条件地相信我啊。"

燕沁揉了揉未见的头发，安慰道："别想太多，或许也不是什么糟糕的事。"她知道未见在担忧什么，两人从小就认识，一起学过舞蹈，甚至还一起跑去剧组客串，未见因为本身天赋就高，她是因为胆子大，只不过后来，她因为身高原因，转了模特，可感情却是从那个时候建立起来的。

二十几年的感情，燕沁自然是知道未见的性子，这样的事情，真真实实地发生在她身上，恐怕也不是这么一下就能消化的。

最近发生这么多事，又突然冒出来某种能力，因为什么，是好是坏，都没有办法判断，未见心里不免会想太多。

02

在医院的日子，多少还是有那么一点点无聊，不过预知这类的事，倒是自燕沁身上看到之后，再也没有发生过，过了一两天，反倒让未见忘了这回事。

实在闲得发慌，未见打算下楼走走，来了医院这么久，天天被关在病房，每天面对着一大堆的检查，还一直没有出去过。

上午的时候，她堂哥秦潜过来看了她一眼，顺便给她带了一大袋吃的，美其名曰：进补。

未见郁闷，所以没有人意识到她是一个演员，需要时刻保持身材？

不过，话说回来，这所在漓京号称最好的私人医院，环境还是不错的，后面一大块平地被修整得像个小花园似的，甚至还有池塘。

未见不顾形象地爬上大理石栏杆，晃悠着双腿，用刚才顺路买的鱼饵逗着水里的小鱼，倒也悠闲。

没坐多久，未见觉得无趣，准备回病房，如果不出意外的话，她过两天就能出院了。

在医院待了十来天，各方面的检查都没有太大问题的情况下，继续赖在这里显然说不过去。

未见正想着什么时候应该让助理准备一下记者会的事情，最近网上已经有人猜测她是不是还活着，不站出去说说，恐怕过些天真的有新闻说她已经去世。

忽然，冷不丁地蹿出来一个三四岁的小孩，朝她撞过来。

未见只觉得腿上某个地方一疼，险些跪在了地上，却也同时绊倒了那个小孩。

未见看了看那小孩手上的飞机，便知道腿上的疼是怎么回事，飞机前头那一端算不上尖锐，却也不钝，至于他忽然蹿出来，显然不是无意。

被人故意拿东西戳，未见当然有些生气，何况刚才那一下并不轻，脚上被蹭伤的那处，正火辣辣地疼着。到底是大人，也就不和小孩子计较这些，她伸手将他扶起来。

可两人接触的那一瞬间，未见眸色一沉，脸色一变，变得凶狠狠起来。

"把你的飞机给我！"说话间，她的手伸了出去，作势要将飞机抢过来。

"不要！"那小孩也警惕，死死地将飞机护在怀里。

未见还真和这小孩叫上劲了，气愤的样子，好像不抢过来不罢休似的。

对方到底是个小孩子，本来在未见面前还有几分骄傲的脾气，见未见好像是真的生气了，吓得直接坐在地上哭了起来。

这下换成未见慌了，她确实想将那小孩的飞机拿过来，好好教育一下，可以的话告诉他的父母，不能让小孩子玩那么尖锐的东西，现在这样，她反倒不知道应该怎么收场。

这周围隔几米就有人，小孩这一哭，立即吸引了周围许多的目光，现在这个样子，不管怎么看上去，都是未见的过错。

"你这人怎么这样，多大的人了，居然还欺负小孩子。"

看样子应该是小孩的母亲，见孩子在哭，竟凭一己之见就已经给未见定了罪，那厉声的指控，似要一开始就在气势上压倒未见。

在一瞬间的紧张之后，未见迅速冷静下来，不甘示弱地对上小孩的母亲："你是他的母亲吧，你的小孩拿着这种东西故意往我身上戳，我还不能说一下？"

"我家小孩故意戳你？"上扬的语调不是疑惑，而是嘲讽，"明明就是你欺负我家小孩，大家可都看见了，这么小的孩子，你也要诽谤。"

合着这母亲也不是什么好惹的，未见顿时觉得怒火中烧，撩起裤管，指着刚才被弄伤的地方："看到了吧，我在这边走得好好的，他蹿出来就戳我，还不让人说了？"

那人忽略掉未见腿上红红的一块，尖着嗓子说："你这就是污蔑，我们大家可都看到了，就是你欺负我家小孩。"

未见无奈，也就懒得和她争辩，打算善意地提醒一下她，完事离开。

"那就当是吧，不过你们当父母的还真放心这么小的孩子玩这种东西，就不担心他不小心弄伤自己吗？"

"你这是在诅咒我的小孩吗？"那顶大的声音恨不得方圆百里的人都能听到，语气刻薄，恨不得将所有的罪责都推给未见。

还真是秀才遇到兵。未见一下不知道是哭还是笑，现在是什么情况，所以，全是她的错？

在周围还有些看热闹的人的情况下，未见又不知道应该怎么解释，现在看来，她好像成了一个不折不扣的坏人，而那小孩的哭声就是最好的背景音乐。

见围观的人越来越多，担心会被认出来，未见想尽快离开。

先不说这说出去怎么看都对她不利，而是她并不想花时间来解决这类问题。

"你好像遇到麻烦了。"

身后忽然冒出来的声音，让未见一怔，本能地回头。

"你怎么在这儿？"她皱着眉反问，语气疑惑中带着厌恶。

其实不用回头她也能猜出身后的人是谁，在她身边能够这样温温和和说话的人，并不多，何况曾经很长的一段时间，她几乎每天都要听到这样的声音。

林栩之暂时没有理会她，反倒平和地对那凶巴巴的母亲说："这里是医院，您和这位小姐有任何的事情，都希望能够理智地解决，不要影响别人。"

"你谁啊，多管闲事。"见有人来帮忙，那人的语气明显弱了几分。

"如果你觉得没问题的话，我知会保安一声。"

突然有人站出来，本来又是自家小孩的错，那人也就不好说什么，识趣地带着自己小孩离开。

围观的人见没什么好看的，自然而然也就散了。

只是那小孩离开的时候，居然趁着大家不注意，冲未见做了一个嘲讽似的鬼脸。

未见顿时气急，作势就要追上去，被林栩之拦住："这样就可以了，还真要上去争个对错？"

"要你管！"未见郁闷地瞪了一眼林栩之，疑惑地问，"你来这里干什么？"

林栩之含着笑，并没有对她的忘记有什么情绪，语气依旧柔和："还真是遗憾，你好像忘记了，我是这里的正式员工。"

"就当是吧，毕竟我连你都快要忘记了。"未见一不做二不休，干脆坦然承认，毫不委婉。

"看来真的已经全部好了。"林栩之轻笑着感叹，并不在意她说的那些。

"难不成还是装的？林医生，我就算再怎么讨厌你，也不至于对自己不负责。"说着，她打量了一番林栩之，中肯地评价，"何况，你也没有那么差。"

林栩之倒不介意未见态度的敷衍，微微上扬了些嘴角说明他此刻心情不错，走在未见身边，神情坦然。

曾经，有很长一段时间，他一直是未见的心理医生，哪怕大多时候，只是单纯地陪她聊天。

其实未见还是很信任林栩之的，只是或许他拆穿过她曾深信的爱情，所以，未见平时对他的态度算不上尊敬。

他太了解她，也知道她太多的秘密，所以并不介意。从一定程度上看，未见和她的女强人妈妈一样，骨子里多少有些傲气。

到了住院部门口，未见率先准备和林栩之道别。

林栩之也并不是那么难相处，只是也许他太了解她，在他面前，她总有一种脱光了衣服赤裸示人的错觉。

林栩之浅笑着回应了她的道别，却在她刚转身时补充了一句："你有心事！"

他用的是肯定句，说明他已经笃定了这件事情，至于为什么会问，大概是想知道她在想什么。

未见看了他一眼，不甘示弱地反问："林医生，我现在好像不是你的病人吧？"

林栩之无所谓地耸了耸肩："所以就当是朋友间的谈心，是因为刚才的事？"

"差不多吧。"未见坦然承认，忽然想到什么，讨好似的问林栩之，"林医生，你勉强还算是好人，要不帮我教育一下那对母子吧，反正你最擅长忽悠人了。"

林栩之嘲讽似的哼了一声："那你可能想多了，我并不好。还有，我那是用科学的方法，引导人走出精神上暂时的困境，不是什么忽悠人。"

"反正都差不多。"没有得到满意的答复，未见低着头，不满地小声嘀咕。

林栩之当然听到了，却并不打算计较。这个从不端着架子的演员，和他接触过的几个明星，很不一样。

他下午还有一个预约，也就不继续和她在这里闲聊。

见他离开，未见忍不住冲着他的背影做了个鬼脸，却没想到林栩之忽然回头："别被那对母子影响了心情。"

他这是安慰？

不过现在未见并没有心情在乎这些，做点坏事被当场抓包的滋味，并不怎么好受。

回到病房之后，未见率先给燕沁打了个电话。

昨天晚上两人还讨论说，那个忽然出现的预知能力会不会是偶然，可今天，她又看见了。

就在那会儿，在她去扶小孩的时候，她脑子里忽然闪过一段片段，是那个小孩，因为玩飞机不小心摔倒，结果飞机上面的尖锐物，直接刺到了他的眼睛。

这才是她忽然态度变化的原因，虽然说她并不怎么喜欢那个小孩，甚至来说还有那么一点点讨厌，可也没办法做到见死不救。

燕沁接到电话，听着未见说了整个经过之后，没有关心那个小孩到底怎么回事，反倒是说，要立即过来将那对母子好好骂一顿。最后还是在未见的极力劝阻之下，才勉强答应就这么算了。

不过经过这次，关于预知这类的事情，两人已经可以完全确定了。有些事情，出现一次是偶然，出现两次可能是巧合，可未见这个显然不像。

因为燕沁那边还有活动，两人也没有聊多久，就各自挂了电话。

未见往床上一倒，望着天花板发着呆，心里想着那对母子的事情，或许，她应该去慎重提醒一下。

这样想着，未见重新在楼下找到那对母子，那小孩好像很喜欢那架飞机，拿在手上就没有放下过，至于他的母亲应该是过来看望谁，坐在病床前，和人聊着天。

看见未见的时候，那人的态度并不好，脸上写满了不耐烦："你还来干什么？不会真赖上我们家不放了吧。"

未见并不介意这些刻薄的话，平静地说："我只是想来告诉你，你儿子再玩那架飞机会出危险的。"

"你这人是不是有病啊？"那人说完直接转身离开，末了还瞪了未见一眼。

未见担忧地看了看小孩："我没有骗你，别等到出了意外才后悔。"

"你再这样我可就要告你了。"那人显然没有放在心上，把病房门一关，直接将未见挡在了外面。

未见没有办法，在门口站了一会儿后，只得离开，只是心情有些惆怅，也不知道那位母亲会不会将她的话放在心上。

　　助理打来电话，汇报了一下她出院后一段时间的行程。

　　前段时间她提过捐赠的事情，苑山县发生了那么大的事情，她又身处其中，不能不做点什么，只是强调要低调。虽然这样，助理还是将所有的情况都汇报到了这里。

　　再然后就是电视剧和话剧的协调，本来过几天就应该有话剧演出的，但是因为她突然发生那样的事，导演就给了无限延期的决定，可是电视剧在三个月后需要进组。

　　当年决定不再拍电视剧之后，她去了话剧团，本身的专业能力不错，加上又有老师的推荐，很快就成了剧团的主力，不过她自己也肯努力，剧团的排练几乎从来没有缺席过。

　　未见让助理告诉剧团，一个星期后恢复排练，顺便还交代了一下记者会的事情，虽然不愿意，可出了这种事，还是有必要说明一下的。

　　至少证明她还活着。

　　未见没有经纪人，经纪公司是挂名在秦家的公司，刚找了一个助理，还是从崔女士那里要过来的，所以大部分的事情，基本上都是她自己在处理。

　　助理说还有几个活动的邀约，大概是因为听说她要重新演电视剧，就顺势带来看看，不过因为要专心忙剧团的事情，未见都给推辞了。

处理完这些事情，未见坐在窗前，打算背会儿剧本，话剧演出没有 NG，没有后期剪辑，台上的一遍就是唯一的一遍，每个方面都比电视剧的要求高很多，未见向来都是认真对待的。

这次之所以答应电视剧的演出，一方面是因为剧团的导演将她推荐给了剧组，正好又因为拍摄时间剧团在休整，时间上并不紧张。

当然，还有就是，电视剧是她现在这个话剧改编的，角色上来说，她很喜欢。

没看一会儿剧本，未见就听见外面忽然动静很大，虽然这是医院的常态，但是未见还是忍不住心里一紧，因为这个时间，太接近她预见的那件事所发生的时间。

未见下意识地放下剧本，准备出去看看。

在这样的环境里，消息一般传得很快，那边刚进了急诊室，医院就已经传开了。

未见没走出去多远，就随便拉了个路人问："这是怎么了？"

"一小孩，自己玩玩具，不小心弄伤了眼睛。"路人看了看未见，像是忽然想起什么，"对了，你不是上午和那母亲吵过架，你当时还说……唉……"

路人没有说下去。

未见礼貌地笑了笑，道谢转身，准备去急诊室。明明知道自己这样做有些多管闲事，可她还是忍不住想去问问情况到底怎么样了。

还不等她到急诊室门口，就远远听到了不远处的争吵声，应该是孩子的父亲在训妻子，而那位妻子正是上午和她吵架的那位。

原来当时买玩具的时候，丈夫并不同意，可是妻子瞒着他偷偷给孩子买了，现在出了这样的事情，丈夫显然很生气。

旁边的医生显然看不下去了，说了他们几句，他们才安静下来，妻子怯怯地跟在后面，因为意识到自己做错了事，气势自然也就弱了下来。

未见不知道应不应该走上前去，犹豫着，正准备转身离开的时候，孩子母亲看到了她。

"你给我站住！"

孩子母亲像是要在未见这里挽回刚才被训到说不出话的气势，那尖厉的嗓音刺得人头皮发麻。

未见不得不转过身面对她："有事吗？"

"就是你，就是因为你的乌鸦嘴，害得我的孩子现在躺在那里，都是你这个乌鸦嘴。"

她说着就往未见身上扑去，张牙舞爪地立即抓着未见的头发。

因为毫无预料，未见根本来不及闪躲，只能尽量护着头发，却根本做不到反击。

　　周围有几个人看着，却没有帮忙的打算，还是路过的林栩之看见了，忍不住上前拉开她们。

　　未见脸被抓破了一块，头发也被扯得凌乱，被林栩之护在怀里，却怎么看还是狼狈不堪的。

　　那边和医生聊完的丈夫也赶过来，见到这样，跟未见道了歉，赶紧拉着自己的妻子离开。

　　在他们走后，林栩之才松开未见："你怎么非要和他们那家人扯在一起？"

　　未见委屈，她不过是想过来了解情况，如果好的话，心里倒也舒服一点，哪知道还没开口，就直接被人这么打一顿。

　　"你以为我想啊。"她本来想撇嘴，却被扯到伤口，龇牙咧嘴地倒吸了口凉气，"平白无故被人打一顿，我现在也很生气好吗？"

　　"去我办公室吧！"林栩之瞧着她这副样子，好心建议。

　　未见没好气地说："难不成你还打算把我扔在这里啊？"

　　最终两人还是去了林栩之的办公室，原因是她并不想这个样子被病房的小护士看见，至于林栩之，反正已经看到，就无所谓了。

　　林栩之给未见上药的时候，未见倒是难得的硬气，忍着愣是没吭一声，一直到结束后，未见才用手机看了看自己的脸，略带嫌弃地说："看来这是想要我失业啊。"

　　"你不是说，能够成为剧团的一把手，完全靠实力吗？"林栩之笑着收拾着药箱，打趣道。

　　未见不满地瞪了他一眼："你就不能配合一下我？"

　　林栩之没有理会，一直到收拾好药箱，才正经地坐在未见面前，略带审讯意味地问："说吧？去那儿干什么？"

　　当然是因为愧疚担心啊，不过这个，她应该怎么和林栩之解释呢。

　　"你就当我有病吧。"

　　林栩之显然不满意这个答案，顺便笑里藏刀告诉她一个事实："崔女士给你在我这里预约了一个星期的治疗，你应该还不知道吧。"

　　什么？

　　未见惊讶地瞪大眼睛，不可置信地看着林栩之，最后在对方绵柔的笑里反应过来，他没有骗她。

　　"所以现在是在给我治疗？"未见问完，坚定地说，"我可以拒绝的。"

　　林栩之并不介意，笑着同意："我会这么告诉崔女士的。"说着掏出手机就要打电话。

　　未见吓得赶紧扑过去一把抢来，藏在身后，正襟危坐，慎重地想了想，故作神秘地问："如果我说我好像忽然能够预知未来，林医生你会相信吗？"

　　"我当然……不相信！"林栩之只是当未见不想和他说。作为一个二十一世纪的理智青年，他向来相信科学，怎么可能相信她的这些胡言乱语。

　　"是真的！所以，我才让你告诉那个小孩的母亲，别让他玩那架飞机。"

　　"崔女士给你预约心理治疗是正确的。"林栩之赞同地点了点头，有些心疼地看着未见，"我没有想到，那场事故对你的打击会这么大。"

　　"我没有骗你，我真的能够看到未来，我之前还看到过阿沁撞左北牧的车。"未见费力地证明着自己。

　　"那你看看我接下来会发生什么？"

　　未见将信将疑地拿过林栩之的手，结果却什么都没有看到。

　　失灵了？

　　未见疑惑，又试了一次，没有反应。

　　这下林栩之更加相信未见是乱说，当然就算未见说出来，他也一定不会相信，反正这种不会发生的事，谁都可以瞎编，大不了后面说是避开了就行。

　　见林栩之怎么也不肯相信，未见没有聊下去的欲望，生气地转身离开，却又忽然顿住："你等下会碎一部手机。"

　　林栩之因为她的话下意识地看了眼新买的手机，半眯着眼睛评价："你真恶毒。"

　　未见无所谓地耸了耸肩，她可没有骗人。

第二章

奇 点

"林栩之，你现在就算是在忙天大的事情，也得给我空出来。"

"秦小姐每次找人帮忙都是这么没有礼貌？"

"大概只有对你吧。"

01

第二天，因为崔女士的原因，未见再次去了林栩之的办公室，一进去就下意识地去看林栩之的手机，昨天那部崭新的手机又换回了很早之前的那部。

"我没有骗你吧。"未见有几分得意地说。

林栩之瞪了她一眼，脸色并不好，昨天她离开之后，好友宋杭远来过，手机落在沙发那儿他也给忘记了，结果那家伙一来，就直接一屁股坐下去——屏幕碎了！

不过就算是这样，林栩之也不相信未见说的所谓预知，大概是因为生气，他省去了和未见闲聊的时间，直接切入正题："我们开始吧，需要催眠吗？当然，我不建议这样做。"

"林医生，都这样了你还是不相信我说的？"未见有些疑惑。

林栩之一本正经地回答："我生活在二十一世纪，一个讲究科学的时代，我不相信玄学，就算看看科幻片，那也绝对不会相信超能力这种东西的出现。"

"林医生，我有没有说过你很无趣啊。"

"谢谢，我很喜欢这个评价。"

看来林栩之是真的在生气，未见识趣地闭上嘴，她可不想崔女士一问，林栩之真的老实地将这个也汇报过去，到时候，恐怕就不是预约一个星期，可能会是一年。

选择闭嘴的未见，勉为其难地对林栩之说："你让我睡一觉就好，事故之后，还没有好好睡过。"

林栩之没有强求，依言让她暂时先睡一觉，看得出来，她这些天心里其实并不轻松。

隔天，未见办了出院手续，观察了一个星期没有什么问题，继续待在医院显然不合适。

至于林栩之那里，在没有结束一个星期的预约之前，倒还是每天都过去。燕沁知道后，还有些疑惑："你不是说过再也不想见到那个笑里藏刀的心理医生吗？"

"可我们可爱的崔女士想啊。"想起这事，未见就觉得烦躁。

他怎么就是不肯相信她呢，还说什么可能是因为那次事故，导致大脑出现了短期内的混乱，加上，她会是那次事故唯一的幸存者，所以潜意识里给自己冠上了特殊性，至于那几次的情况不过是碰巧。

碰巧，你见过碰巧这么准的吗？可她又不能掰开脑袋给他看，这让她倍感委屈。

不过那个小孩的情况，林栩之倒是替她去询问过，医生说情况并不是很严重，虽然以后视力可能会受到影响，但是还不至于失明。

"林医生，有空吗？"

今天是最后一天去找林栩之，崔女士提前给她预约了一个星期，在此之前她必须按照约定好的，每天过去。事情也没有那么糟糕，只要她不说什么预见的事情，林栩之还是很乐意为她治疗的。

"你应该知道我今天上午的时间都是你的。"林栩之看了眼站在门口的她，面带微笑温和地说。

未见勉为其难地笑了声："那还真是抱歉呢。"

"坐吧，昨天患者家属送了我一盒花果茶，想着你应该喜欢，给你泡了杯。"

未见毫不介意地接下林栩之手上的那杯茶，喝了一口之后，满意地点头："还不错，不过林医生真的不好奇我说的事情？"

"我该如何理智地让你走出幻想，这几天我一直在考虑。"林栩之坐在未见对面，若有所思地打量着她。

未见并不介意，得意地说："这几天林医生一直给我做测试，你应该知道的，虽然在事故之后，我是有些后怕，但绝对没有上升到精神层面。"

"所以，我才觉得奇怪。"

"林医生，人类无法揣摩神的心思，我不怪你。"未见同情地看着林栩之，"不过今天我来呢，就是和你说声再见，我真的不是很喜欢来这里。"

"我又何尝不希望秦小姐健健康康的。"

"这个谁知道呢，万一林医生被我的美色诱惑，非要用某些不正当理由让我过来呢。"未见郁闷地嘀咕。

林栩之应该是很生气的，脸上却还是挂着笑，指了指门口："恭喜秦小姐痊愈，你现在可以走了。"

"不行的，时间没到。"

"秦未见！"

未见不客气地笑了笑，打了个哈欠："林医生，我先睡会儿，到了时间记得叫我。"

最终，未见还真的在林栩之这里睡了一觉，离开的时候，不忘把那包味道还不错的花果茶给顺走了，林栩之倒是不介意，反正他向来不喜欢吃酸的。

记者招待会在隔天举行，助理已经提前安排好了所有的事情，倒也用不着她操什么心。

听着助理汇报完所有的事情，未见将几个可能要改的地方简单地说了一下，顺便让她和剧团说一声，记者招待会之后就能回去排练。

她虽然不是什么工作狂，甚至恨不得每天都有机会偷懒，但是答应下来的事情，她还是希望能够做到尽善尽美的。

招待会当天，助理提前过来接她去化妆，衣服按照未见之前交代的，简单的长袖衫，牛仔半裙半开着，脸上只是淡淡化了个妆，看上去简简单单、干干净净，二十出头的样子，倒也挑不出错处。

有时候，就连燕沁都有些嫉妒，明明是同样的年纪，可每次两人出去逛街，她都觉得自己像是带了个小自己几岁的妹妹，真让人郁闷。

简单就这次的事故做了说明，紧接着就是记者提问。面对记者抛出的一个个问题，虽然已经很久没有出来活动，未见还是能准确无误地全部接下来。

关于新剧的问题，应导演的保密要求，未见只字不谈，至于苑山县那次事故，未见表示很遗憾，却也明确表示自己会尽绵薄之力。

　　有人问她会不会因为这次意外，对未来的工作造成影响，毕竟她之前就因为某些事情，造成一度不能面对镜头。

　　看来这个人的工作做得很彻底，连那么多年前的事情都翻出来重新提起，未见浅浅地笑着解释："当年的事情确实对我造成了影响，当时从心理上来说，不够成熟，思考问题存在很多误区，但是我能够决定重新回来，就表示我已经有足够的勇气来面对这些可能出现的情况。"

　　说罢，她对着那个提问的记者说："你的工作做得很全面，不过这次的事情，我认为我是幸运的，至少我现在还能够站在这里和你们说话，所以它并不会影响我的工作，反倒能让我更加努力工作。"

　　记者招待会结束，助理不满地抱怨："您怎么还去回答那样的问题呢，明明知道他就是故意这么问您的。"

　　未见用手上的稿纸敲了敲助理的头："就是因为知道是故意，才更应该接下她的话，又不是什么不能说的事情，不接才显得我心虚。"

　　"哦。"助理委屈巴巴地摸了摸额头，思索着未见方才的话。

　　她刚从大学毕业，本来是在崔女士身边工作，未见见过她几次，觉得人还算踏实就要了过来，让她过来当助理，两人年龄相差不大，她又是未见曾经的剧迷，自然也就答应了下来。

未见忍不住感叹："还学习过怎么做经纪人，就你这样，也就只有我这样摸鱼的演员敢要你。"

"谁说的，你要是没有退出演艺圈那么久，现在早就比那什么于归雪有名气多了。"助理不服气地为未见打抱不平。

未见瞪了她一眼："就你知道得多，这种话和我说说还可以，要是真遇上那位影后，看你怎么收场。"

助理悻悻地吐了吐舌头，赶紧闭嘴，虽然她不过刚刚进入这一行，可不给自己家艺人招黑这样的事情，还是知道的。

结束了这边的事情，未见自己开着车回去，在停车场碰见林栩之的时候，还被吓了一跳。

"你怎么在这儿？"

林栩之倒是不意外："搬过来有段时间了，听说这里安静，而且安保全市最好，好像住的艺人还挺多，没想到里面还有你啊。"

"谢谢你还记得我是一名艺人。"未见将车门猛地关上，忽然又想起什么，"你住哪里？"

"13 栋 1605。"林栩之大方地说明。

听到回答，未见缓缓地伸出手，面带微笑地说："你好，自我介绍一下，我是 1505 的住户。"

原来不知道什么时候，两人居然莫名其妙地成了楼上楼下的邻居。

为了庆祝这层关系，未见提议一起去吃顿饭，本来从记者会回来，打算就在家做点什么随便吃吃，不过现在碰上林栩之，结个伴倒也是不错。

两人准备去附近吃一顿，也就没有开车，大概都不是很饿，走得也并不着急，顺便慢悠悠地聊着天。

这一个星期来，未见几乎每天都在试图让林栩之相信自己真的能够看见未来，可林栩之就是怎么也不肯相信，非说未见就是因为那场事故，受到了惊吓，导致神经有些敏感。到最后，要不是她在各项测试中全部合格，现在估计还在接受治疗。

"林医生，你真的不打算试试相信我？"未见再次开口，试图让林栩之相信自己。

"虽然治疗已经结束，但你要是还有什么问题，可以直接上楼找我，我不另外收你费用。"林栩之顿了顿，"可是你再这样，我不介意告诉崔女士你现在的情况。"

未见气得咬牙切齿："那我是不是应该谢谢林医生的慷慨？"

"嗯，可以的。"林栩之笑容温温，丝毫不介意未见语气里的嘲讽，还顺便随口问了句，"听说你准备拍电视剧了？"

未见闻言，眉眼含笑，半眯着眼审视了一番林栩之，忍不住问："林医生，你不会是被我的美色迷惑了吧，我记得我们第一次见面的时候，你可连我是谁都不知道啊。"

"你那时候也不是很出名。"林栩之一本正经地回答。

这回未见真的是气到了，话说她那时候确实没有那么有名气，可是当时那件事闹得那么大，他居然什么都不知道，还反问了她一句"你很出名吗"。

后来她才知道，他不仅是个凡事都相信科学的好医生，还是一个从来不看新闻的怪人。

气愤的未见最终不情不愿地开口道："你就算是不相信我，也应该相信自己的水平，虽然不确定到时候能不能应对，不过总还是想要尝试一下。"

林栩之打量了一眼她："看你现在这个样子，我不得不开始怀疑自己的水平了。"

"都说了不是我的精神问题！"未见气急。

林栩之挑了挑眉，没有接着往下说，他向来相信科学，虽然未见的情况在他这里没有得到合理的答案，可他还是遵从原则地做了最终的诊断，却并不代表，他相信未见说的所谓预见。

稍微休息了一天，未见就去了剧团。剧团的演出时间已经定了下来，就在不久后。

事故之后，剧团的人也有去医院看过未见，这次的演出，从剧本到表演，大家都花了很多的心血，因为她的原因而不能准时演出，未见多少有些过意不去。

本来就和剧团的人都打成一片，这下重新回到排练室，大家也一窝蜂地围上来，问这问那，大多都是担心她身体状况。

为了让大家放心，未见只得拍着胸脯表示自己现在好得不能再好，就算是连着演上二十场都没问题。

正巧导演来了，加上看未见好像也真没什么事，大家也就自觉地回到自己位置上。导演看到未见，倒也不多说什么，只是笑着问了句："身体都养好了？"

未见无奈地耸了耸肩："再不来身子都快发霉了。"

她没事导演自然是开心的，毕竟是顶梁柱一样的存在，加上年纪小，嘴又甜，做事态度也很好，难免会更加疼爱些，不过即便是这样，未见也从来不敢在他面前造次，毕竟导演这人，和蔼归和蔼，排练起来绝对严肃得像魔鬼。

就算是休息了近半个月，在表演上，未见却没有半点退步，动作
到位，台词动情真挚，甚至连表情眼神都准确深刻。

久违的一次排练，大家都表现得很好，导演觉得很满意，下午提
前结束训练，说要请大家吃一顿，就当是庆祝未见痊愈。

虽然最近并不是很想在外面逗留，可终归还是不想扫大家的兴，
何况只是简单吃顿饭，未见也就答应了下来。

饭后，几个年轻人说要再去玩一玩，未见大概是很久没有那么排
练了，有些受不住，就没有跟着他们一起去，大家知道她刚出院，也
就没有强求，只是嘱咐她路上小心。

回到小区，未见正好和林栩之撞了个正着。有些人，不知道之前，
就算是搬来了大半年也没有见到过，这下知道了，倒是经常遇见，阴
魂不散似的。

虽然未见并不排斥这种遇见，可总还是次数有些多了。

未见干净利落地停好车，看了看已经站在旁边等她的林栩之，笑
着打招呼："林医生，晚上好啊。"

"晚上好。"林栩之没走几步，转头打量了一眼她，皱着眉问，"你
喝酒了？"

未见疑惑，皱着眉头嗅了嗅自己的衣袖："我没喝啊，应该是别

人喝的，这也被你闻出来了？"

"对酒有些敏感。"林栩之解释，"你这是从哪儿来，慌慌张张的？"

未见耸了耸肩，有些无奈，刚才她回来的路上，发现被人跟踪了，应该是个小记者，想拦住做个采访什么的，她当然逃了，甚至还绕了一个大圈。

"这不今天去剧团排练，结束后导演说请我们吃顿饭，吃完回来的时候发现有人跟踪，我当然得躲啊，你知道我的身份，就算是三流演员，也还是有这些烦恼的。"

"不错，很有自知之明。"林栩之笑着评价，顺便问了句，"剧团排练，最近要演出？"

"过不久是有几场，林医生要是感兴趣，也可以去看看，我这边正好有几张票。"未见虽然生气，却还是客气地告诉了他，甚至多嘴邀请了一下。

原以为林栩之一定会拒绝的，和林栩之认识四五年，他虽然看上去温温和和的，说话的时候，总是眼里带笑，可她知道，林栩之其实并没有他表面那么好，就像和她相处，总是非要打压她。

"那麻烦记得有空把票给我。"

没有料到林栩之会这么说，未见赶紧收回那句到了嘴边的"没空也没关系"，勉强笑嘻嘻地说："我会记住的。"

话是她说出去的，自然没有收回来的道理，本来也不是什么大事，顺便正好可以向他证明一下她的实力，不然他总以为她就是一个摸鱼演员。

当然，她心里认为林栩之会这么说，也可能只是顾及她的面子随口迎合，未必会真的来。

闲聊了几句，正巧未见的楼层也到了，也就各自道别。

02

关于苑山县的那场事故，不光是吸引了我国天文学家的目光，各国的多位天文学家都觉得这一事件出现得有些诡异。

能够造成这样的一场事故，显然不是一次小小的流星雨，可是一直到现在都还没有查清事情的成因，尤其是在此之前，没有任何一个国家的天文学家观测到有行星靠近地球。

不过这两天，天文学家大胆猜测，可能是某处的一颗星球毁灭，而它的某一部分，巧妙地避开了所有的观察，最后，和地球相撞。

而且经过检测，那个星球有着丰富的资源，就算是经过了地球大气层的剧烈摩擦燃烧，也还是保留了很多研究信息。

未见也就当是听来玩玩，虽说她是唯一的幸存者，可除了喜欢在晚上坐在阳台看星星，对于那些天文学家说的理论，可是一个都不懂。

至于什么星球毁灭，什么黑洞原理，这些，她并不十分清楚，不过还是能够听懂大概。

总之就是，她很倒霉地经历了一次惊心动魄的事故，而且在存活下来的同时拥有了某些能力。

周末未见正好有空，在给林栩之送门票之前，未见特意打了个电话，毕竟大家都不是什么清闲的人，总得看看对方有没有时间，她可不想白跑一趟。

林栩之说在家里的时候，未见什么都没想就直接上去了，连电梯都懒得等，结果门一打开，看见穿着浴袍的林栩之时，未见没来由地脸颊一红。

"那个，我给你拿门票上来。"还从来没有这样子和男人面对面，未见多少有一点不适应。

相较而言，林栩之倒是大方得多，并不着急接门票，反倒客气地含着笑说："进来坐坐吧。"

未见探头看了看里面，谨慎地问："可以吗？"在见到林栩之点头后，也就不故作矜持，穿上林栩之从鞋柜拿出来的鞋，不客气地进去了。

两人虽然是楼上楼下的邻居，先前不知道，还从来没有互相串过门，先不说林栩之工作很忙，何况就算是有空，未见也未必愿意出门，这次要不是门票的事，恐怕也不会上来，至于林栩之恐怕也不是那么愿意去找她吧。

林栩之的家装修得很简单，但还是能够看出每一处都是花过心思的，简约温馨，比她那个买过来让崔女士找的装修公司过来装修完后直接住进去，就没再管过的房子，不知道好了多少。

在她进去后，林栩之回房间换了一身家居服，简单的T恤休闲裤，清清爽爽的，倒也养眼。

养眼？未见被自己忽然的这个想法吓了一跳，一口水卡在喉咙差点呛到，赶紧从口袋拿出几张演出门票："喏，门票给你，第一场正好在周末，你应该有空的。"

"谢谢。"林栩之接过，随意往桌子上一放，毫不重视的样子。

看在未见眼里居然有那么一点点失落，不过想到林栩之恐怕也不愿意看，也就当作什么都没有看到。

没有聊上几句，正好到了中饭时间，林栩之问她有没有什么想吃的，说是在家做饭。

虽然料到像林栩之这样过得精致的人，一定会做饭，可由他这么说出来，多少还是多了几分好感。

林栩之的手很好看，手指修长，骨节鲜明，行云流水般穿梭在厨房的各处，未见本来说是去帮忙，到最后，却变成了悠闲地站在一旁欣赏。

她也确实帮不上什么忙，林栩之什么都比她做得好，她的存在，完全没有半点作用，何况，她的厨艺也就够将东西弄熟，也谈不上精湛，还不如偷个懒。

一顿饭做下来，未见除了在一开始帮忙洗了几个辣椒，后面全都站在一旁闲着，最后甚至还看了几条新闻，除了几条并不怎么吸引人的宣传，只有一条，让未见一怔，影帝辛钊打算加入电视剧《青禾寂寂》，主演男一号。

未见的眉毛下意识地拧成了一团，随即又当作什么事都没有发生一样转头看林栩之。

重新回去拍戏是她自己决定的，那么在那里遇见谁都不会意外，何况辛钊这样的大人物，可不是随随便便就能遇见的。

林栩之忽然在这时候回头："你把菜先端出去吧，只剩下最后一个了。"

未见赶紧收好手机，过去端林栩之已经炒好的菜。

都说一般的患者对医生有非同一般的依赖，不过未见倒不是，虽然有那么一段时间，她确实迷恋过林栩之，不过早在她撞破林栩之其实对谁都这样之后，彻底失望。

"你刚刚好像知道了一件让你并不愉快的事。"

在未见刚准备端起来的时候，林栩之忽然云淡风轻地说了一句，弄得未见一个不小心，差点烫到手。

"你就不能不要总是随随便便地窥探别人的心思吗，要知道我们现在勉为其难只是朋友，你这样做很过分的。"未见烦躁地转过头，警告似的说。

林栩之挑了挑眉，没有解释，窥探别人的心思这样的事，他并不乐意做，不过她如果非要这么说也没有办法，只是，她好像对他存在某些误会。

刚才他不过是听她哼歌的时候，断了一会儿，就随口问了一句，现在看来好像问错了。

估计是因为刚才林栩之忽然冒出来的那句话，以至于未见这顿饭吃得坐立不安，总觉得他下一句就会问她是不是还不能够直面辛钊。

她并不想在林栩之面前提起辛钊，哪怕只是一个名字，或许她真的还没有从那些事情里面走出来吧。

可是到最后，林栩之也没有再追问，他看得出来未见并不想说，那他也没必要弄坏现在的气氛。

从林栩之那里离开之后，未见给助理打了个电话，确认了一下辛钊出演《青禾寂寂》的真实性。

虽然说这部剧的剧本很好，加上前面小说和话剧的资源积累，但是她并不认为这足够吸引到获得了无数电影奖项的辛钊，他这样的身份根本不缺好剧本，何况这部剧从女性角度出发，就算是男主也会成为绿叶，得不偿失。

这个疑惑在助理的回答中得到了证实，听说辛钊已经准备过去和剧组签合同，甚至调整了一部电影的档期，看来是下定了决心要那个角色。

未见忍不住自嘲般轻笑一声，还真不知道辛钊到底在想什么，或许，她从来就不了解他。

周末除了去找了一次林栩之，未见都在家里看《青禾寂寂》的小说打发时间，刚经历了那样的事情，她也没有心思出门，何况燕沁最近忙得连人都找不到，也就没人愿意陪她瞎转。

崔女士倒是过来看过她一次，见她活得挺好，也就没有什么不放心的了。

周一，未见一到剧团，就听门卫说有人找她，说是她的朋友。

她朋友？未见仔细想了想，她朋友就那么几个，燕沁最近行程满到停留在地面的时间都没有，至于其他几个，基本上都在跟着剧组忙得昏天黑地，何况前段时间，刚见过面，不至于这么快又找上门来。

到底会是谁呢，未见还真有那么一丁点困惑，直到见到来人。

她盯着坐在剧组招待室的女人，那及腰的栗色大波浪，干净利落的休闲西装套装，虽然戴着墨镜，可她还是知道了来人的身份。

虽然在看到新闻的那一刻就已经猜到她可能会找上门来，却并不代表她会欢迎。

"想不到于大影后居然还会委身来我们这种小地方。"未见略带讥讽地感叹着，随意找了个位置坐下，语气态度足以说明，她并不喜欢眼前的这个人。

于归雪缓缓地摘下墨镜，那是一张足以迷倒众生的脸，好看的眉眼，眼角微微上挑，鼻梁高挺，五官立体，口红是当下最流行的色号，就算除却她影后的头衔，也足够吸引很多人的目光。她半眯着眼睛，一字一句地说："秦未见，我为什么来，你应该比我更清楚。"

"既然认为我知道，你又何必跑一趟呢。"未见漫不经心地摆弄着自己出事前刚做的指甲，心疼地想着怎么就给刮花了，慢悠悠地说，"我不记得于大影后有这些闲工夫。"

于归雪像只被她踩到了尾巴的猫，突然炸起："你别告诉我你不知道辛钊为什么会突然接《青禾寂寂》。"

"辛钊怎么想，应该是你这做女朋友操心的，和我有什么关系。"未见忽然抬头，一双眼睛平静地看着于归雪，提醒着她某些事实。

"你！"于归雪被她气得一句话噎在喉咙里，只得故作高傲地反问，"你别告诉我，你真的可以忘掉辛钊。"

未见脸色一沉，从座位上站起，居高临下地看着于归雪。

半晌后，她浅笑着强调："有没有忘掉，那也是我和辛钊的事，和你没有半点关系！"

一说完，她立即转身离开，真不想继续待在这里，陪着某个闲得发慌的人，说着这些毫无意义的话，这种感觉简直糟糕透了。

一大早的好心情被人搅了个稀巴烂，排练的时候，强迫着自己不去想，可是一个人回家之后，那郁闷的情绪，就开始肆无忌惮地冒了出来。

来问她辛钊为什么出演《青禾寂寂》，她还想问问辛钊心里到底是怎么想的呢。

当年的事情，明明她才是受害者，可最后，却成了被谴责的那一个，而辛钊，为了保持当时自己的良好形象，居然没有替她发过一次声明。

想来也是可笑，她当初居然会为了那种人，颓废成那个样子。

　　未见郁闷地在家里坐了不到十分钟后，爬上楼敲开了林栩之家的门："林栩之，你现在就算是在忙天大的事情，也得给我空出来。"

　　林栩之看着可以说是用闯来形容出现在自家门口的女人，习惯性地打量了一圈之后，忍不住问："秦小姐每次找人帮忙都是这么没有礼貌？"

　　"大概只有对你吧。"未见不乐意地说，她现在没有心情和他扯这些。

　　林栩之抿了抿唇，笑得如沐春风："那秦小姐请回吧。"说着，作势准备关门。

　　未见一时情急，直接用手去挡，吓得林栩之赶紧收手，语气也跟着急了几分："你是亡命之徒吗？"

　　"也就少一只手，以后演残疾还少了化妆和道具。"未见无所谓地耸了耸肩，也不管没有拖鞋，直接踩在地板上，径直走向沙发，和上次相比，熟门熟路得多。

　　林栩之叹了口气，给她找了双拖鞋，也不急着赶她出去，给她倒了杯还滚烫的白开水，面对她坐着，不耐烦地问："说吧，怎么回事？"

　　从她出现在他家门口的时候，他一眼就看出来她是被什么事情弄得心情不好。

　　未见小心翼翼地拿着那杯水，瞪大着眼睛可怜兮兮地看着林栩之：

"我都这样了，你还不怜香惜玉。"

林栩之看了看她，无奈地将自己手里的那杯茶放在了她手上，将那杯白开水放在一边："现在可以了吧。"

"勉为其难吧。"

"你说，我有眼无珠的事情，有些人为什么非觉得我一定会吊死在那棵树上呢。"

未见郁闷地喝完了林栩之的那杯茶之后，才忍不住感慨。

用词混乱，毫无逻辑，前言不搭后语，林栩之看着眼前的未见，开始判断，看来还不是一点点的心情不好。

"所以说啊，做事情的时候，就应该谨慎一点，把柄这样的东西，还是握在自己手上比较放心。"

"林栩之，你现在站谁那一队的！"未见不满地瞪着他，"现在是我心情不好，我心情不好，你就不会发发善心安慰一下吗？"

林栩之笑着反问："你不是已经放下辛钏了吗？那你有什么心情不好的，别人说什么，和你有关系吗？"

对，是放下了，可听到那个人无缘无故地说着那些，心里还是免不了有些烦躁，难不成还真要她四处躲藏。

"你懂什么，那是胜负输赢问题。"

林栩之无所谓地摊了摊手："我只知道，有些人呢，一直对当年的事情耿耿于怀，甚至根本就没有像她说的那样已经放下，明明心里和明镜似的，可又堵得慌。"

"林医生，你这样拆穿，还真不给人留面子。"未见郁闷地感叹。

林栩之笑容温温，和善地解释："我的工作就是发现你们内心深处的某些秘密，然后解开那些结，最终还给大家一个正确的思考方式。"

"那你怎么不给我分析分析，非要拆穿？"

"因为你知道问题所在，至于那个牛角尖，我把你拉出来过，这一次，我想让你自己爬出来。"

未见半眯着眼睛审视着林栩之，摇了摇头："还真是无情。"

"谢谢！"

未见在这里又喝了一杯茶降了降火气，才转身回去，林栩之说得没错，他已经帮她从牛角尖里面拉出来过一次，而这一次，她还没有脆弱到经不起这一点点挑衅。

不过，为什么只要一想起那个人，心里还是免不了会有些隐隐作痛呢。

第三章

费米悖论

"他们每一颗都那么用力地发着光，非常用力，拼了命似的，直
到生命的尽头。"

"从科学的角度来说，只有恒星才会发光，而恒星的数量屈指可数，
你现在看到的那些，大部分是靠着别人的光发亮的行星。"

01

剧团这边的排练差不多进入尾声的时候，燕沁才从她堆积如山的行程中挤出了那么一点点时间，约未见一起出去吃东西。

看着又瘦了一大圈的燕沁，未见心里盘算着，是不是要崔女士找老全谈一谈，好歹燕沁算是秦氏的二闺女，哪能这样使唤的。

燕沁看出了未见的心思，感激地笑着，伸手摸了摸未见的头："说好的啊，不用特权，你要是真那样，老全恐怕会甩手让我跟着你混的。"

"跟着我混不好吗？"未见不服气地问。

燕沁敷衍地抿了抿嘴，婉言拒绝："还是算了，你自己现在也就混了这副样子，人家于归雪都拿几个最佳女主了，你倒是拿一个最佳女配给我看看也好啊。"

"别拿我的痛处戳我！"未见瞪着眼强调，半眯着的眼睛里，像是有熊熊火焰在烧，"我最佳女配十五岁就拿过的。"

"可是你最近胖了。"燕沁看着她，一字一句地说。

"什么？"未见吓得从椅子上蹦起来，惊呼，"我哪里胖了？"她最近工作上虽然不忙，但是饮食上绝对是很注意的，除了那几天心情不好，多吃了点。

燕沁漫不经心地看了她一眼："和我比，胖了。"

"没想到在这儿也能见到燕小姐。"

未见刚准备反击回去的时候，身后忽然传来一个声音，吓得她下意识地转过头。

一身笔直的西装，就算是在今天这种刚刚升温的天气，衬衫的纽扣还是扣到了最上面，应该从小接受着严格的教育。未见猜测着，从他轻抿的嘴唇来看，平时应该是个很严肃的人，而且做事严谨到一丝不苟。

这个男人，她应该是见过的，刚才还叫了燕沁，只一瞬间，她便知道了他是谁，看来她知道燕沁最近这么忙的原因了，忽然损失了那么一大笔修理费，燕沁应该是在奋力填补空缺。

看着燕沁脸上不自在的笑容，未见忽然有了看戏的想法，还很少看燕沁在谁面前这么僵硬呢。

"在这儿都能碰到左先生，真是好巧。"燕沁笑着说。

"不算太巧，这是我的饭店。"左北牧表情虽然还是很严肃，却也没让人感觉到不舒服，力度把握得很好，顺便看了看一旁的未见，问燕沁，"不打算介绍一下吗？"

燕沁尴尬地笑了两声，给左北牧介绍："这是秦未见，秦氏的未来二当家。"

未见大方地站起来，习惯性地伸手出去，却又突然后悔，她最近总是在和人接触的时候，看到他们身上可能发生什么不好的事，小到摔一跤，大到伤痛病患。

可看到了，说出来，大家不一定会听，不说出来，自己憋得慌。

左北牧已经伸手过来，力度恰好地握住她的手："你好，左北牧。"

两人接触的一瞬间，未见双眸一沉，面色有一瞬间的凝重，却很快掩了过去，在左北牧收回手之后，也迅速收回手。

这顿饭因为左北牧的忽然加入，未见吃得有些心不在焉，相比较于燕沁一脸无可奈何，她倒是有几分心事重重的样子，其间一连看了左北牧好几次。

直到和左北牧告别之后，未见才忽然振作起来，猛地转头拦在燕沁面前："阿沁，我刚刚看到了左北牧的未来。"

　　燕沁这才想起刚才两人握手时，未见那一刻的迟疑，若有所思地点了点头："是什么，左氏破产，还是他被打瘸，或者孤独终老？"

　　未见只能够看到不幸的事情，在经过几次鉴定之后，得到了确切的答案。

　　第一次是燕沁撞了左北牧的车，第二次是那个小孩弄伤眼睛，第三次是林栩之的新手机，随后还有隔壁科室的老奶奶摔跤，小区保安半夜胃痛，总之大大小小，没有好事。

　　"你看起来好像很高兴。"未见问。

　　"那当然，他要是出点事，那我的钱不就不用给了吗？"燕沁白了她一眼，"你是不知道我把他的车撞成什么样子，我能活着那都是上天的垂怜。"

　　未见赞同地点着头："那你得好好谢谢上天。"

　　刚才和左北牧握手时，未见看到左北牧被人绑在某处，应该是晚上，周围的灯光昏昏沉沉，看不清细节，不过还是可以判断是栋刚修的楼房，从周围零乱的情况来看，应该还来不及装修和打扫。

　　左北牧被绑着扔在地上，满脸青紫，嘴角还带着未干的血渍，可以判断应该是刚刚被打过，而且下手不轻。

　　未见将这些情况和燕沁说了，询问着应该怎么办。

她们和左北牧的交情并不好，一个是被他拿走一大笔修理费的燕沁，一个完全就是只见过一次面，可突然告诉他，他可能有危险，谁又会信呢。

"为什么要告诉他，他那一看就是平时干了坏事，才会被人报复。"燕沁没好气地说。

"可是人家刚才请你吃了一顿饭。"

燕沁急了："秦未见，你就这点出息，一顿饭就把你收买了？"

未见不在意地撇了撇嘴，严格来说，左北牧是和燕沁认识，她不过是托燕沁的福吃了一顿。

"所以，你是不要告诉左北牧的意思？"未见问。

燕沁笃定："当然不要。"

反正这个事情，她已经告诉过燕沁了，她没有左北牧的联系方式，燕沁不对左北牧说的话，她也联系不到左北牧，总不至于顶着秦氏的名头去说吧。

何况她太了解燕沁，不管怎么说，左北牧也算是朋友，燕沁现在还在生气，等真到了那个时候，燕沁一定会第一个冲出去。

"反正离事情还有几天，不着急的。"临走的时候，未见忍不住多补充了一句。

她想燕沁到时候一定会来找她的，她不着急的。

至于为什么这么热心燕沁和左北牧的事情，那是因为，从第一次预见的时候，她还看到了另一件事——左北牧对燕沁一见钟情。

接到燕沁电话的时候，未见毫不意外。

"具体是什么时候？"燕沁应该是做了很大的心理斗争，才给她打来电话。

"明天，晚上八点，地点应该是在城北，再具体我也不知道了。"未见将自己知道的全都说了出来。

燕沁想了想，命令似的说："那你把明晚的时间空出来。"

"我把时间空出来干什么？"未见反问。

燕沁不客气地解释："是你看到的，你不去谁去，何况你放心我一个人去吗？"

"你不是说要见死不救吗？"

"我什么时候说的。"燕沁果断否认，略表同情，"虽然左北牧这个人真的很过分，可好像也没有到非要打死的地步。"

未见挑了挑眉，浅笑着去冰箱拿了瓶酸奶，调侃道："可是那样，你连剩下的钱就都得给他，你不是还打算开工作室吗？"

想起这事燕沁就炸毛："闭嘴，你以为我不知道啊。"后半句说得哀婉凄惨。

未见无趣地冷笑一声，也不继续打击燕沁，没聊几句就挂了电话，喝完酸奶，想着还有不到一个星期就要演出了，不免有些期待。

大概是不知道应该怎么和左北牧说明，两人一商量，决定到时候直接掐着点去救人。用燕沁的话说，到时候，她就算是左北牧的半个救命恩人，在和左北牧的较量上马上占了上风。

燕沁这么说，未见当然要支持，本来也没有什么更好的解决办法。

剧团的排练已经结束了，她就等着后天进行第一场演出，正巧闲着没事。

燕沁像是怕她逃走似的，一大早就找到她家来，进来就扯着她，满脸惊讶："我刚刚上来的时候看到林医生了。"

未见刚刚睡醒，正在敷着面膜瓮声瓮气地回答："不奇怪，他住在楼上。"

"你说什么？"燕沁惊呼，险些把未见脸上的面膜吓掉。

未见干脆撕掉面膜，一本正经地说明："关于这个事情，我也是刚知道不久，好像搬过来有大半年了，不过那段时间我几乎天天都在忙，倒是没听到什么动静，还是在上次出院之后，才知道这件事的。"

"那你现在和林医生就是邻居了。"

未见不情不愿地点了点头："是，治病都不用去医院了。"

燕沁安慰地拍了拍她的肩膀，这种事情，也就只能接受，又不是什么生死冤家，难不成还真要搬个家不成。

在家里看了一整天电视，一直到下午六点，她们才开车准备去城北。

城北现在是漓京市政府前年规划出来的开发区，秦氏本来也打算去拍块地，可后来因为有两部电视剧的投资，就暂时顾不上这边，不过倒是听秦潜说过一些。

左氏当时本来是计划拍一块地用来建酒店大厦，可那块地，还有另一家竞争公司，只是在拍卖前一天，那家公司突然放弃。

秦潜觉得这里面可能有左氏的功劳，不过，看过左北牧之后，倒不觉得左氏会在背后使诈，至于那公司，现在听说好像都快破产了，因为产业链的问题。

秦潜对左北牧的评价是，行事缜密、目的性强、出手果断，结合那天的接触，这几点上或许还可以加上一点，稳重绅士。

02

两人是掐着点出门，目的就是一到那就刚好赶上紧要关头，只是她们忘记了，现在正好是下班高峰期，不管到哪儿都在堵车。

"都说了让你早点出门，现在好，估计得等到明天，还什么救命之恩，到时候只能去收尸了。"燕沁盯着前面迟迟没有动静的车，烦躁地瞪着未见。

未见不好意思地埋着头，委屈地解释："我都是计算好的，只是忘记考虑到下班这一条。"

只要未见一示弱，燕沁就没有任何法子，只能干瞪着着急，却也不知道说什么好。

因为前面的路耽误了太长的时间，后面的那段路，燕沁几乎都在全速前进，未见心惊胆战地坐在副驾驶，紧紧地抓着安全带，后悔地想，早知道就提前出门，等在外面也比现在强。

不过她忘记了，燕沁可是一成年就拿到驾驶证的，开车的技术绝对一顶一的稳。

到达城北的时候，刚好是八点，只是城北开发区那么大，很多项目都才刚刚竣工，有些项目甚至还在修建中，四周凌乱得很，车只能开到门口。

面对四周零乱的、到处都是钢筋砖瓦混泥土的工地，又是大晚上，这样的情况下，找一个人，何其之难。

"怎么办？"她问燕沁。

燕沁瞪了她一眼："能怎么办，找啊，找不到就是那姓左的命。"说着，燕沁已经下车，朝里面走去，挨个挨个地找。

未见忽然有些内疚起来，应该早点过来的，如果早点过来，现在她们也不至于像无头苍蝇一样，还害得燕沁跟着一起着急。

未见敏锐地注意到和他们差不多停在同一位置的面包车，虽然说是在工地，也停了不少车辆，可未见总觉得这辆车有些眼熟。

仔细一想，她记起来了，这辆车她见过，那天和左北牧吃完饭后，她见过这辆车，只是当时路段不长，也就没放在心上。

看来那个时候，他们就已经在跟踪左北牧，等待时机了，还真是蓄谋已久啊。

未见记了下车牌号码，快速跟上燕沁，挨个找着，可是很快未见就发现了问题，时间本来就不多，她们这样找，就算是最后找到了，也未必能够做什么。

蓄谋已久，还非要带到城北开发区……

左氏的仇家，生意场上你争我夺，难免会结梁子，可是这种事情，大家一般都会在生意场上解决，暗地里使绊子的并不多。

城北开发区，莫非……

未见忽然有了眉目，赶紧跑去告诉燕沁："阿沁，我想我知道左北牧在哪里了。"

燕沁一听是左北牧的事情，立即问道："在哪儿？"

"左氏在这边拍过一块地，刚竣工，如果我没有猜错的话，应该在那里。"

话一说完，燕沁就已经拔腿开始想跑去找，被未见眼疾手快地拦住："你知道在哪儿吗？一着急就瞎跑。"

最后，两人找到了这边的管理员，让他带着她们俩去找左氏的那栋楼。

左氏的楼并不难找，又有管理员带着，没几下就找到了，她们并不打算把管理员牵扯进来，所以一找到，就让管理员离开了。

未见看着里面黑不隆冬的房子，有些影影绰绰的光亮，顿时犯难地问："现在要怎么办？"

"先过去看看现在是什么情况。"燕沁看着前方，尽量压低声音，现在里面是什么情况还不知道，不过根据未见当时看到的，应该不止一个人。

现在看来，也只能先这样了。

于是两人小心翼翼地半摸着过去，可这地方都是砖瓦残屑，一不小心，脚下就会发出声音来。

未见看了看身后，似乎有些着急了起来。

就在这时，里面忽然传出一声叫骂，吓得她们脚步一顿，心脏"咯噔"停了一秒。

随着她们的靠近，里面的情况也渐渐清楚了些，如未见之前看到的一样，左北牧被捆着丢在了地上，距离太远，看不清具体怎么样了，不过看来，应该还没有生命危险。

左北牧被五六个壮硕的男人团团围住，站在最中间的那个，应该是主谋，天太黑看不清脸，好像在和左北牧谈条件，隐约能听到让左北牧带钱来之类的。

她们躲在旁边，甚至连气都不敢大声喘，里面不知道左北牧说了什么激怒了对方，没说两句话，就又开始吼，威胁着左北牧。

不过左北牧也硬气，就没听他有半句求饶。

通过只言片语，能够判断出，主谋应该就是秦潜之前提起过和左氏一起竞争这块地的公司负责人。

忽然，不知道左北牧说了一句什么，对方好像很生气，直接一巴掌就打在了左北牧脸上，吓得她们差点惊呼出声来。

而一向是行动派的燕沁，已经在未见没有注意到的情况下，冲了进去，一把推开作势要继续打左北牧的那个人，跑到左北牧面前。

想到自己拉都拉不住，未见倒吸了一口凉气，早就知道燕沁遇事就冲动，这下要是出点什么事，老全和崔女士绝对可以打死她。

里面的人根本没有想到会忽然冲进来一个人，这下左北牧前面忽然多了一个女人，倒是也让他们吓了一跳。

"你是谁啊？"率先反应过来的是中间那位绑架主谋，他指着突然出现的燕沁凶狠狠地问。

燕沁这才反应过来，自己又冲动了。她尴尬地转过身看着绑架主谋，十分牵强地笑着，慢悠悠地往旁边挪着："那个，我好像走错地方了。"

蹲在外面的未见都为燕沁捏了把汗，这种话说出去谁会相信，谁会大晚上的在这里走错地方。

"站住！"绑架主谋厉声喝住燕沁。

一旁的两个人顺势围上去。

绑架主谋打量着燕沁，说："既然来了，就不用着急走了。"

燕沁懊恼地抿着嘴巴，看了眼左北牧，纠结着接下来应该怎么办。

算了，不管了，现在这种情况，燕沁知道自己再怎么样也不可能救左北牧，不过自己逃出去倒是有些可能。

就在燕沁准备动手的时候，说时迟，那时快，未见的身影忽然出现在门口。

　　"那个，请问一下，这边去哪儿打车比较方便？"

　　燕沁看到未见，下意识地想让她回去，她自己现在还不知道能不能逃出去，再多进来一个人，就真的毫无希望了。不过，她的话还没有说出口，就被未见给堵了回去。

　　不愧是表演系毕业的优秀学生，就算是在这样的情况下，也能想到一个最快拖延时间的方法，还不至于被直接当成靶子。

　　未见的出现，将大家的注意力又吸引了过去。

　　绑架主谋打量了一番未见，小声啐道："还没完没了地来人。"

　　说话间，已经有一两个并不友善的人开始慢悠悠地朝这边走来，忽然，绑架主谋突然开口："等我们忙完送你过去？"

　　"那个……"未见看了看最里面的两个人，咬着唇像是在思考，眼见着那几人就要走过来，才犹犹豫豫地拒绝，"还是算了吧，我自己再找找，就不麻烦你们了。"

　　燕沁也是没办法才进来的，要不是想到过两天还有画报的拍摄，万一到时候打个鼻青脸肿的，还不知道怎么和老全交代。

　　就在未见一步一步往外面挪动的时候，绑架主谋突然问了一句："你不会报警吧？"

　　未见心里"咯噔"一凉，却还是尽量诠释一个误闯入别人禁区的迷路少女，微微有些担心、害怕，却又像是纯良无害："啊，什么报警？"

如果不是这种情况，燕沁恐怕都要夸夸未见的演技了。

绑架主谋走到未见面前，眼神探究地盯着她，忽然轻笑一声："这个时间点在这里迷路，小姐，你跟我在这儿演话剧呢？"

未见紧张地舔了舔嘴唇，却还是一副抵死什么都不知道的样子："那个……我不也是被人骗了，约到了这个破地方，绕了半天没绕出去，这不听见这边有动静才想过来问问……"

担心对方不相信，未见差点伸手去掏出心肝来，着急地摆着手："我绝对没有骗你们。"末了又装作好奇地探着头看了看，"不过，大哥，你们这是在干什么啊？"

"干什么不用你们管，不过，你现在恐怕是想走也走不了了，你以为我看不出你们是一伙的！"

被吓着的未见畏首畏尾往后退了几步，要说不害怕是不可能的，不过只是一瞬间，她就觉得自己好像没必要害怕了……

未见颤颤巍巍地伸手指了指外面，声音还没有从方才的紧张中舒缓过来："那个，警察来了。"

话音刚落，外面果真冲进来几个人。

原来早在未见看到他们停在外面的车时，她就已经有报警的想法，后来从管理室出来，立即打了电话，只是警察的速度比她预想的慢了一点点，害得她在这里耗了半天。

除了最中间的那位绑架主谋，这些人本来就是雇来的，见了这情况，当然吓得四散逃开，为了几个钱，去蹲监狱并不划算。

绑架主谋骂了一声，也打算逃走，却被未见眼疾手快地扑过去，摁在地上，直到警察赶来。

后来的事情，当然是交给警察来处理，不过左氏这么大一个集团，负责人被绑架，恐怕不会就这么结束。

未见揉了揉刚才挨打的地方，看着还能自己站起来走路的左北牧，心里倒是松了一口气，哪怕不知道这到底是不是自己的功劳。

配合警察录完笔录，离开的时候，已经是晚上将近十二点，关于她们怎么会突然出现在城北的事情，未见和燕沁一起撒了个谎，不能让人知道未见可能存在某种预知的能力，这换作旁人，绝对是接受不了的。

从警局出来后，左北牧感激地冲她们鞠了一躬："今天的事情，左氏以后一定会重谢你们的。"

燕沁连连点头："当然要重谢，我们现在可是你的救命恩人。"

"我不会以身相许的。"左北牧一本正经地说。

燕沁听得一愣，随即笑嘻嘻地说："以身相许不重要，要不，修理费……"

"虽然我现在很感激燕小姐的救命之恩，但是修理费，不可能。"

燕沁不满地抿了抿嘴，嘴里小声骂道："小气鬼。"

未见看着他们俩，无奈地苦笑着，揉了揉刚才扑倒那人时扭到的肩，开口问左北牧："那人是谁啊，怎么会突然把你绑在那儿？"

"一个竞争对手，因为我的原因导致公司经营不利，已经陷入了好几次危机，估计是怀恨在心吧。"左北牧解释。

那就对了，还真是和她当时想的一模一样。

"左先生，再见。"没有什么好说的，未见也就率先道别。

左北牧礼貌地轻点了下头："秦小姐再见。"末了对燕沁说，"燕小姐，期待我们的下次相遇。"

这大晚上的，燕沁也就跟着未见一起回家，至于左北牧，他应该还有很多事情要处理吧，左氏现在的执行总经理发生这样的事情，应该不会这么轻易就解决了。

回去的路上，燕沁一直夸未见演技高超。未见忍不住反驳："当初还有人让我去拿个最佳配角呢。"

"我有眼不识泰山，虽然现在有些后悔去救左北牧。"

未见倒也不介意，正准备说什么时，肚子不合时宜地响了一声。

对了，晚饭，她还没有吃晚饭。

03

演出当天，燕沁因为行程没法赶过来，未见也不介意，何况燕沁向来不喜欢看话剧，也就不勉强她。

秦潜倒是带了一大帮人老早就过来捧场，几乎全是小时候楼上楼下的玩伴，未见出去打了个招呼。

秦潜问她燕沁的事情，未见笑了笑，说人家没空。看来主要不是来帮她捧场，而是为了别的啊，不过燕沁嘛……未见想起左北牧，无奈地叹了口气，她哥恐怕是没机会了。

至于林栩之，应该不会来吧。不知道为什么这么想的时候，未见居然会有那么一丝丝失落。

不过这样的情绪也就是一闪而过，忙碌的演出，她分不出多少时间来想这些事情，她正在工作，作为一个专业的演员。

紧接着演出开始，未见也就全身心地投入到了演出之中。

未见的表演向来有感染力，角色就像是为她而生似的，一张一弛之间，与剧本的那个人彻底融合，让人辨不出戏里戏外。

肯下工夫学习，又享受表演的过程，这大概是她能够诠释好角色的原因，在舞台上，她就是个天生的表演家。

她感受着人物的悲喜，同时能准确地将人物的悲喜传达出来，这是很多演员都学不来的天赋，也是让很多人都眼红的天赋。

曾经只要是教过她的老师，无不对她夸赞有加，在高中的时候，就已经开始在演艺圈小有名气的人，以至于后面突然离开的时候，不知道有多少制片人、导演在为她惋惜。

场景转换的时候，未见有一次短暂的休息时间，去休息间喝了杯水，转身看到林栩之的时候，心不自觉地顿了半拍后，猛烈地跳动。

林栩之看着她，眼里眉间是浅浅淡淡的笑，似冬日暖阳，好看得紧。

"我好像来晚了。"他说。

未见这才反应过来，略带诧异地问："你怎么到后台来的？"

"你忘了，他们认识我。"

未见这才想起来，当年林栩之给自己治疗期间，她就已经进了剧团，有一次偶然遇见，还是她自己将他介绍给剧团众人的。

她刚想说什么来打击一下林栩之的时候，旁边有工作人员说她的下场戏快开始了。

未见三言两语将林栩之打发走，飞快地换了身衣服，准备投入下一个场景，这样的忙碌一直到表演结束。

当全场的演员上台亮相感谢的时候，未见下意识地朝某处看过去，正巧，林栩之微笑着看着她。

　　未见换下了身上的演出服，因为忘记带卸妆液出门，她也就只是扯下了两片假睫毛，准备离开。这时，旁边有人问未见要不要聚餐，应该就剧团和未见差不多一辈的年轻人。

　　这是他们年轻团体的活动，剧组演出后的聚餐一般都是放在第二天的，主要是考虑到团里一些年长的演员，关于这一点，一些年轻的倒也没有什么好说的，毕竟尊重前辈是这个职业的首要素质，一般自己想去的话，会私下约。

　　秦潜的电话正好打过来，问她等会儿去吃什么。

　　未见看了看已经站在化妆室门口的人，略表遗憾地回答："哥，我今晚有约。"

　　"和哪个小兔崽子？我告诉你啊，别随便给我整新闻。"秦潜敏感地觉着事情不对。

　　小兔崽子？未见朝林栩之看了一眼，憋着笑回答："林医生。"

　　秦潜本来还打算问两人什么时候牵扯在一起的，可未见已经先一步挂了电话，朝林栩之走过去，冲里面的同事略表遗憾地道："抱歉啊，今天恐怕是没空了。"

　　大家这才注意到不知道什么化妆间门口突然多出来的人，如此一来，大家也就不好再说什么，本来就不是集体的聚餐，人家又有单独活动。

未见快速地收拾好本来就不多的东西，将演出服还到道具部那边，就拉着林栩之走了。

两人走出剧院，林栩之才疑惑地问："你为什么不和他们一起去？"

"那样的场合，不是喝酒，就是唱歌，没意思。"未见漫不经心地回答，何况她现在又累又饿，估计等不到一群人集结好，再商量出去哪里吃什么。

"那你现在是要去干什么？"林栩之无奈地笑了笑。

"吃饭啊，都快饿死了，而且我今天的盒饭就吃了一半，忙完再回来之后，就不见了。"为了证明自己说的是真的，未见的肚子还适时地响了一下。

这下林栩之也就没有再问什么，只是将车开到一家常去的店，点了两份牛肉拉面。

未见想起表演之前自己的猜测，不由得打趣："还以为你今天不会来呢。"

林栩之有些不好意思，解释："差点睡过头，本来还想提前过来给你加油的，不过你好像不需要。"

"谁说不需要啊，你要是提前过来给我加油，说不定今晚的表现会更好。"

林栩之没有往下接话，指了指正巧端上来的牛肉拉面："快吃。"

未见不介意地冲他笑了笑，眼睛半眯着，像两道弯月。林栩之忽然觉得她脸上没卸的妆有些碍事，因为他发现，未见这样没心没肺笑的时候，尤其好看。

两人吃完东西，都没有往外逛的心思，也就开车打算回去，刚走到一半，林栩之忽然将车一拐，朝一边比较偏僻的路上绕去。

对于这一变化，未见不免疑惑："林医生，怎么忽然……"

不等未见问完，林栩之已经冷静地打断她："我们好像被跟踪了。"

跟踪？未见这才发现身后不知道什么时候，突然多了一辆紧跟着的车。

这样的事情，未见也不是没有遇见过，自从她签下《青禾寂寂》开始，好像就没有怎么消停过。

不过她向来对这些事情很敏感，今天反倒是大意了。

大概是意识到已经暴露，那辆车也就干脆不再隐藏，直接开过来，似乎已经做好了和未见正面碰撞的准备。

看着咬得越来越紧的车，未见显然是有些担忧的，却又不好开口干扰林栩之，只是在心里暗自后悔着，早知道还不如和大家一起去庆祝呢。

虽然很讨厌这样的事，也对这些所谓的娱记避之不及，可说到底她是一名艺人，总不能正面和这些人闹僵，最好的方式就是躲。

"你在担心？"不知怎的，林栩之居然还能抽空和她聊天。

未见的眼睛没有离开后视镜，理所当然地反问："不然呢，难道真要我跟着你一起上热搜？"

林栩之忽然觉得逗逗她也不错，却还是加重了踩在油门上的脚，他并不想紧追慢赶，这并不有趣。

未见被突如其来的提速吓了一跳，头不小心撞在车座上，闷哼一声，委屈地瞪着林栩之。

"林栩之，你就不能事先给个提醒吗？"

"我以为你应该有经验的。"林栩之认真地开着车，回答得很敷衍。

未见气急不想再说话，干脆别过脸转头看向车外。

这种时候，林栩之自然也不会说话，全部注意力都放在甩掉身后的那辆车上了。

终于，在林栩之还算不错的车技加持下，他们成功地甩掉了那辆车，可是未见还来不及高呼夸奖，就见林栩之将车停在了路边。

原以为林栩之只是暂时休息一下，可等了好一会儿，也没见林栩之有再开车的打算，未见才疑惑地问："林医生，你是打算在这里过夜吗？"

林栩之面色淡定地指了指燃油表："没看见吗，没油了。"

"什么？"未见被吓得直接站起来，头不小心撞到了车顶，却还是不减愤怒，"你再给我说一遍！"

林栩之好声好气地强调："没油这种事情，重复几遍也不会有变化的。"

为了保持着该有的风度，未见深呼吸了几次，终于平静下来，重新回到座位上。

"那我们现在怎么办？"

林栩之看了看外面，语气温和地问："看星星吗？"

未见这才注意到，刚才为了甩开那辆车，林栩之将车拐到了江边，四周望过去，除了长长的河堤，还能看见对岸星星点点的灯火。

事已至此，还能怎么办。

未见开门下车，轻巧一跃，坐在了河边的护栏上。

林栩之随后跟着下车，在未见旁边站定，目光望着不远处，却也不知道在看些什么。

今晚的天气很好，没有半点遮拦的夜空，似乎有多少星星都数得清似的，月亮幽静柔和的光，像是把时间都变得温柔起来。

终于，在漫长的无声后，未见率先开口："林医生，你喜欢星星吗？"

"嗯？"林栩之转头看向她，疑惑她为什么会忽然问这个。

"我很喜欢啊，因为他们每一颗都那么用力地发着光，非常用力，拼了命似的，直到生命的尽头。"未见微微仰着头，将远处的星辰收入眼底，嘴角微微扬起，淡淡的喜悦跃出眼底。

"从科学的角度来说，只有恒星才会发光，而恒星的数量屈指可数，你现在看到的那些，大部分是靠着别人的光发亮的行星。"

林栩之一本正经地解释完，才意识自己好像有些不解风情，难得道歉："抱歉。"

他不是一个浪漫的人，对待事情向来追求实事求是，私底下确实无趣了些。

"没关系的，林医生又没有说错。"未见也没有顶回去，仰着头浅笑着感叹，"不过，如果没有那些靠着别人光发亮的行星，又怎么会有这么美的夜空呢。"

大概是惊讶未见会有这样的理解，林栩之下意识地转头看向她。

说起来，在林栩之的记忆里，她好像还是那个第一次见到的时候，因为某些事而一度害怕到甚至开始出现社交问题的小姑娘，那个时候她应该才大学刚毕业。

"这几年来，你好像成长了不少。"林栩之赞许道，发自肺腑的。

未见轻笑一声，转过头来，看着林栩之的神情平静自在："就当是吧，毕竟当年的那件事，给了我太多的空闲时间，也让我慢慢学会了沉淀。"

"要回车上了吗？"

在看未见打了个哈欠之后，林栩之柔声建议，未见今天忙碌了一天，并不轻松。

未见摇头："再坐会儿吧。"双手撑着护栏，仰着头看着满眼的星空，一脸满足。

落入林栩之眼里的，那烂漫天真的模样，像是投进他无波清水里的一颗糖，迅速炸开融化，留下满瓶的甘甜。

不自觉间，就进了他的心底。

"林医生，你再这么看下去，我可就要误会了。"

终于，在过去了不知道多久之后，未见似笑非笑地对上林栩之的眼，半是玩笑地打着趣。

林栩之恍然意识到自己盯着她看了许久，却依旧面色淡然，别开眼，也不多做解释。

　　未见得意地扬了扬眉，扶着林栩之的肩膀从护栏跳下来，拍了拍手上的尘土，大步迈着朝车那边走去。

　　等林栩之回到车内的时候，未见已经蜷缩在后座上睡着了。

　　林栩之伸手从后头拿了一床薄毯盖在未见身上，稍稍留了个透气窗户，也准备睡觉。

第四章

量 子 缠 结

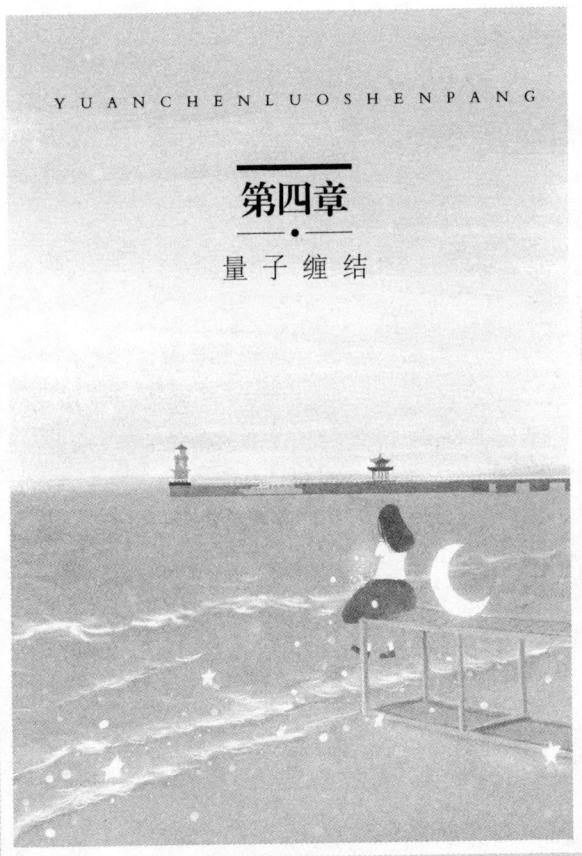

"你在看什么?"
"大概在看一个瞎子吧。"

01

左北牧还真的在事情处理完之后，打电话过来说要感谢她们。

时间挑得很好，应该是早就打听到了燕沁的行程，不然也不会在燕沁刚好回国，就打了电话过来。

燕沁接到电话之后，想也没想就答应了下来，既然左北牧说要感谢，她当然没有不去的道理。

恰好当天未见有演出，燕沁干脆将地点约在了漓江剧院。

未见被告知这个消息的时候，倒不觉得有什么好惊讶的，左北牧不像是差那么一顿饭钱的人。

演出之前燕沁去了后台，告诉未见今天一定要好好吃，所以，在此之前，千万别吃太多。

未见苦笑，就左氏的资本，凭她俩的实力，就算是吃到天荒地老恐怕也没有什么作用吧，何况，漓京有名的餐厅，哪个不是左氏的。

这不演出一结束，燕沁的电话就打过来，说已经在门口等她了。

未见今天自己开了车过来，只能说："把地址告诉我，我直接开车过去吧。"

燕沁自然也没有什么意见，她现在就一门心思地想着，怎么样从左北牧那里，把自己损失的那些修理费换种方式给吃回来。

一切如未见所料，左北牧将地点定在了一家还不错的中餐厅，未见因为秦潜的原因去过两次，知道菜的口味很不错，不过今天她才知道，这只不过是人家左北牧年轻的时候，随便玩一玩开的小馆子。

燕沁不满地鄙视左北牧："小气鬼，请客都来自己家的店。"

左北牧平静地说："我认为，恐怕也只有我们左家的餐厅才能够让燕小姐满意了。"

燕沁不服气地撇了下嘴，却没有反驳，要不是她真去调查了一下，还不知道，整个漓京的餐饮行业，左氏没有不涉及的。

吃回来的想法被打破，燕沁有那么一点点失落，不过很快在菜上来之后，就给抛在了脑后。

不得不说，左氏餐厅的实力，绝对是值得大家肯定的。

中途燕沁离开了一会儿，未见看着眼前的左北牧，意味深长地说："左先生可知道醉翁之意不在酒。"

"秦小姐过奖了。"左北牧平静地回答。

未见笑着，状似漫不经心地说："阿沁最近好像很缺钱呢。"

她说完后，左北牧明显一怔，却又装作什么都没有听到似的继续优雅地吃着东西，不过未见知道，这已经够了。

她可没说谎，燕沁最近是因为钱的问题在苦恼，她一直都喜欢服装设计，本来是打算这段时间开间工作室的，和秦氏那边都协商好了，可是忽然因为临时冒出来一笔不少的修理费，导致她最近都在忙着赚钱。

正好这时燕沁回来了，看见未见脸上有一抹诡异的笑，疑惑地问："我脸上有什么吗？"

"没什么，挺好的，很美。"

燕沁瞪了一眼未见，重新回到座位上，脸上是满满温和的笑，虽然说是左北牧感谢她们的救命之恩，可她的目的可不单单只是这个啊。

饭后，未见以累了为由离开，正好给他们两个留了私人空间，她可不喜欢电灯泡这个角色。

秦潜打电话来问最近燕沁是不是谈恋爱的时候，已经是在大半个月之后。

　　那晚之后，左北牧就让秘书把燕沁的事情查了一遍，把她打算开工作室的事情给查了出来，此后两人因为各种偶遇为由而见面，里面少不了左北牧的"功劳"。

　　"什么时候大忙人还记得有我这个妹妹啊？"未见随手从冰箱里拿了个苹果，一边洗着一边冷嘲热讽着秦潜。

　　"胡说！我恨不得把你捂在手心，怎么敢忘记呢。"秦潜赶紧笑嘻嘻地讨好，生怕得罪了自己唯一的线人。

　　未见并不吃这一套，没好气地反驳："你还是松开手，我怕把我捂死。"

　　"怎么会呢，我可就你这么一个妹妹。"

　　"是吗？"未见"咯嘣"一声，咬了一口苹果，边嚼边数落着秦潜，"那请你解释一下，《青禾寂寂》的男主是辛钊就算了，现在于归雪又是怎么回事？"

　　未见说的是于归雪也进了《青禾寂寂》的事情，前两天她刚接到通知，现在心里那团火还没有熄，还真是什么人都凑到这部剧里了。

　　秦潜赶紧为自己开脱："选角可是制片导演决定的，我也是刚刚才收到消息。"

　　"什么时候投资方这么没有话语权了？"

"投资方也不能太干涉导演，这可是你自己说的。"

对啊，她怎么就忘记这茬了。当初在各种原因的情况下同意出演《青禾寂寂》的时候，导演曾经问过她男主角的意见，她当时怎么就说了一句，投资方不干涉导演。

"左北牧在追阿沁。"

知道在这儿和秦潜绕弯子也没用，在谈判桌上坐惯了的人，总是有办法随时绕开话题，干脆直接说出来，让他也不好受。

在不等对方提问的情况下，未见已经果断地挂掉电话，将手机扔在一旁，打算吃完苹果，继续睡觉。

剧团演出期间，总是忙得脚不着地，相比较于之前排练的那段时间，现在根本就是忙得连喘气的机会都找不到。

剧组那边已经发来通知，说会在七月份的时候开机，那时候已经等到剧团的调整期，倒也应该忙得过来。

未见已经在着手背台词的事情，剧本在角色签订之前就给未见看过，签约之后，也早就给过未见一份。

在大情节上，和话剧这边的没有什么变化，但台词上面还是有很多增加，为了在开拍之后，能够不被这些事情烦恼，未见向来是提前准备。

相比较于别的演员，未见的行程并不多，由于是剧团的正式员工，暂时除了这部剧没有再签别的剧，整体来说，不会分身乏术。

助理主要负责了和《青禾寂寂》剧组那边的对接，别的事情，还是未见自己亲力亲为，偶尔会因为秦潜，出席些活动，但不会太多。

至于代言广告，包括节目活动，未见一般都会拒绝，当初决定退出娱乐圈之后，她就再也没有接受过这类邀请。

连续半个月的演出，未见身体多少有些吃不消，却也毫无怨言，任凭差遣。

《青禾寂寂》的话剧质量很好，又有很多实力派老艺术家的加盟，虽然已经在话剧并不主流的时代，却还是不缺来观看的人。

最后一场演出是在今天，结束之后应该可以休息一段时间，未见停好车，准备去彩排，因为是最后一场，所有人都想把它做到最好。

停车场的灯今天不知道怎么的，一闪一闪，晃得人眼睛不舒服，未见向来胆子不小，倒也没怎么放在心上。

在等电梯的过程中，顺便给剧组发了个短信，让谁有空找保安过来检查一下灯的情况。

短信刚一发完，未见就敏感地察觉到自己身后好像有人，一转身，还来不及看清到底是什么情况，就已经被人用沾了乙醚的毛巾迷晕。

导演是第一个发现未见失踪的。

未见向来敬业，别说彩排，就连平时的排练除非特殊情况，否则绝不缺席，像现在这种，彩排都已经走了一遍还没有见到人的情况，根本不可能出现。

这时候，有人说一个小时前未见在群里发消息，是让保安去看停车场的灯的事情。

大家这才反应过来，未见应该早来了，怎么还可能错过彩排呢。

电话打不通，人没看见，大家立即意识到事情的严重性，赶紧叫人去看看到底是怎么回事。

演出还有不到三个小时就要开始，如果是耽误了点时间还好说，毕竟演出了那么几场，就算不彩排也不会出什么大问题，可如果真是出了什么意外，就不好说了，主演不在，演出要怎么继续呢。

保安室那边随后传来消息，发现了未见被掳走的视频。

消息传到剧团后，剧团瞬间乱成了一锅粥，演出迫在眉睫，发生这样的事情，虽然没办法找任何人的原因，事情却还是需要解决的。

剧团的人在第一时间报了警。监控上，只能隐约地看到对方是个男的，未见被掳上了车，他便开着车离开，至于车辆的信息，似乎是被刻意地抹掉了，没办法认清。

至于演出那边，剧团领导只能临时做决定，取消这一次的演出。

虽然知道可能会引起一些观众的情绪，可是就现在的情况来看，也没有更好的解决办法，主演不在，演出根本没有办法继续。

02

未见醒来的时候，天色已经不早。

因为长时间的昏迷，脑子里还有些混混沌沌的，费了好一会儿工夫，才渐渐清醒过来。

她仔细想了想，想起好像是被人绑来了这里，可她并没有和谁结仇，到底是怎么回事？

这种情况下，未见还算是很冷静的，试图挣扎，却发现绑住她的绳子并不好挣脱，于是干脆研究起周围的环境。

因为天色应该已经不早，窗户透进来的光，只能隐约地看清周围的环境。

这里应该是一间废仓库，地面很潮湿，有窗户，应该不是在地下仓库，那可能就是地势比较低的地方，不然就是长时间下雨，这样一想，她才反应过来，外面隐约有雨滴的声音，应该刚停，她醒来就在这里，应该不至于将她带离漓京太远。

在漓京附近，最近经常下雨的地方？

就在未见判断这是哪里的时候，仓库的门忽然打开，带着外面微微潮冷的风，以及手电筒的灯，逼得她不得不半眯起眼。

"秦小姐你醒了，没想到我们还能再见面。"

这个声音？未见隐约觉得在哪儿听过，对了，那次，她想起来了！

"原来是你！"未见半眯着眼睛试图看清来人，哪怕她已经猜到是谁了。

可是他们之间有什么过节吗？非要说有的话，恐怕只有那次，她和燕沁去救左北牧的那次。

想清楚这些事之后，未见反倒释然了，如果说先前还有那么一点点的慌乱，现在反倒冷静了下来。

慌乱源于无知，不知道接下来可能会发生什么，需要面对什么，能不能承受，而一旦从这种无知里跳出来，反倒能够冷静面对。

"你不害怕？"对方似乎有些惊讶。

未见轻笑一声："害怕，当然害怕啊，可是不是我害怕了，你就会放我走吧。"

"秦小姐果然聪明。"那人轻挑着眉赞许道，却很快冷下脸来，几步走到未见跟前，蹲下身来，手里的手电筒直直照在未见脸上，"坏了我的事，我怎么可能那么简单就放过你。"

"可是你绑架有什么用，我可拿不出你要的那些钱。"被光照着，未见干脆闭上眼睛，却也不甘示弱。

当初他绑架左北牧是因为公司面临资金问题，想绑架左北牧要挟他拿钱，可是没想到事情因为她临时插了一脚给败露了，而左北牧回去之后，只是花了两天时间，就让他家的公司宣布破产，而他也因为这件事被关了大半个月，后来还是他想尽办法搞关系才出来的。

看来，她不知道什么时候，还给自己惹了一个麻烦啊。

"你觉得我是想要钱吗，那些钱现在给我又有什么用！"

被未见提起了那件事，那人不仅说话带着愤怒，连捏着手电筒的手，青筋都鼓了起来，显然很是气愤。

"那你想怎样？"要说不心虚，显然不可能，对方可是人高马大的男人，就算什么都不做，对她也是有威胁的，何况她现在还处于弱势。

"现在知道害怕了，当初坏我事情的时候不是胆子挺大的吗？"

对方转过未见的脸，好让未见能够直面他。

看来最近他过得并不好，和前段时间相比，瘦了不少，眼窝深陷，整个人憔悴不堪。

未见忽然眉毛一皱，看着他的眼神也变得有些凝重，欲言又止，不知道该不该说。

就在刚刚，她看见离这里不远的水库大坝因为这些天连续的降雨而被冲垮，滚滚的洪水似猛兽般吞噬着一切，像灾难电影似的，让人胆战心惊。

前些天，新闻也说过这一带的降雨，但雨势并不大，都在控制范围之内，不过他们忽略了大坝已经是很多年前修的，就算是每年保养，也还存在缺陷。

这样想着，未见现在担心的已不是自己被绑在这儿的问题，而是一旦事故发生，受害的可能是这里一整片的人。

见未见半天不说话，他还以为未见是被吓住了，恶狠狠地用手电筒拍了拍未见的脸："放心，我现在还不想对你怎么样。"随即检查了一下绑着未见的绳子，才转身准备离开。

"这里是不是域川县？"未见在长久的沉默之后，在他出门之前，叫住了他。

那人脚步一怔，转过身来，疑惑地盯着未见："你怎么知道的？"

未见纠结着，不知道怎么告诉他她所看到的，可是不说的话……最终，她一横心，说："我不仅知道这里是域川县，还知道这上面还有一个水库，而这里，是你家很早之前的一个仓库。"

　　那人听着未见说着这些，只是短暂的惊愕，随后却平静下来，嘲讽似的冷笑一声："你既然已经知道我是谁，猜出这里是域川县应该也不是什么难事，不过你知道了又有什么用，反正也出不去。"

　　眼见着他要离开，未见有些着急，语速飞快地说："今晚，今晚深夜的时候，水库大坝会垮，到时候这里会全部被冲走的。"

　　"你说什么？"那人转过身用手电筒直直地照着未见的脸，探究似的看着未见。

　　未见使劲地点着头："千真万确，我现在被你绑在这里，骗你根本没有任何好处。"

　　他只是看了未见半天，最后只是警告："别给我在这儿说些有的没的，我现在还不想对你怎么样，但你要是真惹火我，我可就不是这么好说话了。"

　　说完，那人转身离开。

　　他不过是过来看看未见醒没醒，至于别的，他自然还有计划，没空在这儿听她胡言乱语。

　　"我没有乱说，我说的都是真的，唔……"

　　本来已经走到门口的人，因为未见的话，才记起手上的胶带，直接撕了一大截，封住未见的嘴，警告道："别给我玩花样！"

未见的声音被捂在了胶带里面，而那扇门也在最后毫不留情地关上了。

过了一会儿，她试图挣脱绳子，可这绳子是用来绑货物的粗绳子，绑得又紧，根本没有办法挣脱开，也没有办法弄断。

外面又开始下雨了，未见心里更加着急，这雨一时半会儿好像也没有停的样子，而且越下越大，噼里啪啦像是要把这里冲破似的。

因为嘴上有胶带发不出声，手绑在身后，也撕不了脸上的胶带，只能干着急。

剧团有没有发现她被人绑走了，演出怎么办，他们能够尽快找到她吗，那个人到底会对她怎么样？

未见脑海里冒出了千百个问题，她这一被绑走，接二连三的全是问题，这次演出，大家都花费了不少心思，现在却因为她，可能会被取消，未见忽然有些内疚。

外面的雨声越来越大，风刮着甚至连仓库都飘进来不少风，未见没来由地打了个冷战，五月的天气还算不上太热，衣服早就已经湿透，风一吹，反倒越发得冷。

绝望朝着未见袭来，她应该怎么办，她又能怎么办？

现在这种情况，她自身难保，可想到这里的村民在水中挣扎的样子，心猛地一抽。现在就算她什么都不做，也没办法置身事外，如果那人不放她，她也一样会被冲走。

未见忽然挣扎着想站起来，无奈手脚被一根绳子绑着，尝试了几次之后，都以失败告终。

重新跌回地上的未见，一横心，干脆直接半蹲着，整个身体因为绳子的原因蜷缩成一团，小步小步地朝着门口挪去。

不过是从仓库中间到门口的三十米距离，因为半蹲着身子，未见几乎花了将近二十分钟，等走到门口的时候，脚麻得一动就像针扎似的疼。

她用身子撞着门，一下、两下、三下……直到那人不耐烦地开门进来。

门是往里推的，这样一来，未见直接被门撞倒，那人大概是被她气急了，直接提着她的衣服领子，拖到一旁，一把扯开她嘴上的胶带："还真 TM 会折腾事情，我现在没有空管你，但你要是非要给老子搞事情，老子也就不客气了。"

"我真的没有骗你，大坝要是真的会垮，到时候想逃都来不及了。"未见极力地劝说着他，现在，她只能从他身上突破。

"你别以为我会相信你的胡说八道！"

未见忽然换了个语调，故作神秘地问："左北牧那次，你不会真以为我是凑巧路过，破坏你的好事吧，那个地方还在开发中，晚上根本不会有人过去，谁大晚上会去那里？"

"你想说明什么？"

"因为我提前就知道左北牧会在那里被你绑架。"

"我的行动暴露了？"

"不！是我提前知道了，就像现在我提前知道水库大坝会垮一样。"

那人审视着未见，半晌之后，反问："那你怎么不提前知道自己可能会被我绑来呢？"

未见委屈，你以为她不想知道自己会被绑架吗，可是这莫名其妙出现的预见能力，就只能看到别人的，她能怎么办。

"反正不管你相不相信，我只是看到你被大水冲走，好意提醒你一句。"未见见他怎么样都不会相信，干脆一股脑地说出来，反正她也没有说谎。

那人显然自信过度，根本不在乎未见说的那些，甚至趾高气扬地反驳："水库大坝修了几十年可从来都没有出过事，如果真像你说的，那就让它来冲吧。"

连恐吓都没有用，未见一时之间也没了法子，只能眼睁睁地看着他再次离开。

仓库除了两面对着吹的排气扇，什么都没有，五米高的墙体，想没有外物的情况下爬上去，根本不可能，何况她现在，手脚都被绑着，什么都做不了。

这种情况，自救 PASS 了，未见只能祈祷剧团发现她不见了，然后尽快找人来救她。

现在事情堵在这儿完全没有任何进展，那人不相信她，她就什么都做不了，时间却在一分一秒地过去。

03

这边未见在干着急的时候，另一边的左北牧已经收到了那人打过去的电话。

挂了电话后，左北牧半眯着眼睛看着被他扔在桌上的手机，他算到了对方可能要去对付燕沁，怎么就忽略了另一个人。

知道这些天燕沁被他有意无意地保护着，没有办法下手，所以就找上了秦未见，还算有点智商，而他也没有办法不去赴约。

左北牧给秘书打了个电话，然后直接开车去了域川县。对方是冲着他来的，先不说秦未见救过他，就他和燕沁现在的情况，秦未见也不能因为他出事。

　　剧团那边得知未见被绑架的事情之后，第一时间联系了漓京市警察，从发现绑架报警，到警察这边收到左北牧秘书的电话，已经是未见出事五个小时之后。

　　有人推门进来了。

　　被关在潮湿阴冷的这里这么久，未见又冷又饿的，已经没有多少力气。

　　哪怕是这样，她嘴里却还是一直不放弃地说着："你真的要相信我，要是水库大坝真的被冲垮，到时候我们就都要死在这儿。"

　　可来人却长时间没有说话，未见察觉到了不对劲，半眯着眼睛靠着微弱的光，看清来人，在看到是林栩之后，"哇"的一声哭了出来。

　　"林栩之，我快死了。"

　　林栩之无奈地摇了摇头，几步走过去解开她身上的绳索，将身上的外套披在未见身上："你这么凶，阎王爷不会要的。"

　　未见现在没有力气跟林栩之开玩笑，同行来的警察已经去找人了，周围没有看到左北牧和那人的行踪，应该是约在了别的地方见面，他们要尽快找到两人。

　　林栩之是看新闻才知道未见被绑架的事情，剧团已经临时决定暂停演出，演出时间暂时调整到两天后，并向前来观看的观众致歉。

他打电话取消了最后一次的预约，马不停蹄地赶去剧院那边，为什么会这么做，大概是那一刻，他认为，那件事很重要，秦未见，很重要。

跟着警察冒雨连夜赶来这里，打开仓库看着她被绑成一团丢在这里，身上的衣服早就已经湿了，身体冷得瑟瑟发抖、嘴唇泛紫，模样可怜极了，他心脏像是被人开了一枪，有些闷闷的。

因为长时间的捆绑，未见身体一下没办法舒展开来，根本使不上任何劲，只能由着林栩之将她抱着。

"林栩之，这次你必须相信我，上游水库大坝今天晚上会被冲垮，到时候，这里都会被冲毁。"哪怕是这样，未见还是不放弃那件事。

林栩之有些生气："这都什么时候了，你还有力气想这些有的没的。"

"我没有乱说，是真的，没有多少时间了。"未见费力地睁着眼睛，强打起精神，"左北牧和那个人应该在水库附近，我看到了他们被水冲走的样子，你相信我。"

"我们现在先回漓京。"林栩之难得冷漠。

未见已经没有力气和林栩之较真，嘴里却还是强调着："真的，我说的是真的。"

林栩之没有回答，将未见抱进了自己的车，自己则去和警察说了

.

一声，然后带着未见回了漓京。

　　未见在医院醒来的时候，已经是第二天，她盯着四周看了半天，才从昨晚的事情里反应过来，迅速打开电视。

　　虽然林栩之赶来的时候，迷迷糊糊的她意识已经开始涣散，可是究竟发生了什么还是记得的，如果林栩之没有相信她，现在域川县的事情恐怕……

　　"你醒了？"

　　不知道什么时候，林栩之已经站在了门口，手上是提前帮她买的早餐，脸上已经恢复了以往的温和。

　　"林栩之，你相信我说的了？"打开电视没有看见域川县的新闻，未见带着厚重的鼻音，一脸兴奋地说。

　　"没有！"林栩之否决得很果断，将手上的早餐递给未见。

　　未见可不是那么轻易能够打发的："可是域川县大坝垮了，却没有人受伤，就连财产损失都少到可怜。"

　　林栩之敷衍地冷笑一声："那是人家政府的事情，我只是负责把你扛了回来。"

　　"你撒谎！"

　　林栩之没有正面回答，只是笑着说："等会儿崔女士会过来。"

未见的脸色在听到这句话后，瞬间僵住，随即讨好似的望着林栩之："林医生，谢谢你千里迢迢去救我，你真是个好人。"

"这些我知道。"林栩之大方地接受了她的赞美，顺便告诉她等会儿护士会过来，别到处乱跑后，就回了自己的办公室。

大晚上的，冒着雨跑去域川县找她，守了她一晚上，直到早上退烧，还真不是轻松的活。

未见是后来才知道，那人抓她过来不过是为了引左北牧出来，经过那件事情之后，他家被左北牧直接整垮，他父母亲因为这个一夜白头，所以他想报复左北牧。

如果知道顺水人情救了左北牧的事会给自己惹出这么大的麻烦，未见发誓，她当时一定见死不救。

不过那人把他们调查得那么清楚也是花了一番工夫啊，知道左北牧和燕沁的关系，至于她，如果真因为这件事出点意外，燕沁怎么可能原谅左北牧。

还真是阴险，未见腹诽。

除了有些感冒倒也没有别的事情，崔女士过来看到她这个样子的时候，恨不得跑去把那人手撕了，未见赶紧及时制止，却不得不接受崔女士说的，以后让助理和她寸步不离。

　　事情主要还是因为左北牧，未见也就没有怎么管，不过左北牧还是让秘书把后续的处理情况报告了过来，顺便说谢谢她。

　　她知道这个意思，想让她不要因为这个迁怒他，让她在燕沁面前替他说几句。

　　和心思缜密的商人打交道就是费脑子，也不知道燕沁能不能够招架得住。

　　虽然感冒没有全部好，未见还是没有让领导再变动演出的日期，本来就因为她推迟过两次，再这样下去，她担心又有人拿她说事，而且还影响剧团的形象。

　　演出当天，未见一出门就看见林栩之等在楼下，她小步跑到他跟前，赞美道："林医生，我怎么没发现你最近越来越像个好人了呢。"

　　"大概是你最近近视好点了。"

　　未见气得深呼吸了一口，尽量保持微笑坐进了林栩之的车，看到扔在车前的眼镜盒，略表遗憾地说："林医生也不用太羡慕，我上次住院刚测过，两只都是2.0，是好了那么一点。"

　　林栩之有轻微的近视，配了副眼镜，一般阴雨天和晚上会戴一戴，这些天两人经常在一起，倒是让未见知道了。

林栩之不打算继续这个话题，于是说："崔女士已经知道我住在你楼上，拜托我有空多照顾一下你。"

未见一愣，凶狠狠地看着林栩之："谁说的？"

林栩之耸了耸肩："我怎么知道。"然后发动汽车，朝剧场赶去。

未见仔细一想也知道是谁，想来是燕沁说漏嘴告诉了老全，而老全和崔女士的关系向来好，怎么可能不说。

难怪前两天崔女士还在她面前说起林栩之，现在看来那个时候就知道了。该死的燕沁，一激动就口无遮拦。

剧组众人看到未见的时候，免不了要多问候几句的，除了关心她的身体，应该更好奇到底发生了什么。

未见不想聊这些，三两句话就把他们打发走，等着彩排。林栩之顺道买了两杯奶茶进来，递给她："真的没问题？"

她知道他在说她的身体，感冒还没有好彻底，中午还吃了药，等下可能还要表演两个多小时，加上最后还有感谢环节，他担心她身体吃不消。

"放心，你上小学的时候，我就已经在剧组玩儿了，这点事不算什么。"未见接过林栩之的奶茶，喝了一口之后，很满意，"林医生总是能够恰如其分知道我的喜好。"

"不挑食也是好品格。"林栩之笑着评价。

未见冲林栩之得意地笑了笑，将喝了几口的奶茶塞到他手上："我要过去彩排了，帮我拿一下。"

林栩之就近找了个位置坐下，正好能够看到台上未见彩排，今天周末，本来是有一些预约的，不过今天，他想不务正业一次。

林栩之忽然觉得，他或许对未见的工作存在某些误会，她是秦氏的大小姐，在一定程度上来说，后台很硬，有着那样的身份在娱乐圈混，多少会让人觉得就是随便玩玩，可现在看着她因为导演的要求而一遍遍地反复彩排，毫无怨言的样子，一点都不敷衍。

"你也觉得未见很认真吧！"

耳边忽然冒出的声音让林栩之一怔，下意识地转头，他审视着忽然冒出来的男人，自信、稳重，还带了目空一切的骄傲。

"你是？"他试探性地问。

"辛钊。"对方毫不隐瞒地报上名来。

这个名字让林栩之不由得皱起眉来，目光有意无意地扫了一眼台上的未见，看到她忙得晕头转向没空注意这边，才稍稍放下心。

"你好。"林栩之礼貌地说完，便没有过多表示。

辛钊也不介意，不知道是有意还是无意，一个人在那儿漫不经心地感叹："果然不管是在剧组，还是现在在剧团，她都是这么认真。"

不知道为什么，这些话听在林栩之耳里，怎么会有那么一点点的不舒服，那种好像对秦未见很了解的语气，让他莫名地觉得烦躁。

"除了性格差了那么一点，大半夜会突然冲到别人家，其他方面，她确实没有什么好挑剔的。"

林栩之故意将未见半夜去他家的事情拿出来，就当是炫耀吧，反正他不喜欢这个男人，不，应该是很讨厌。

果然，这句话一说完，辛钊脸上的自信变成了疑惑，拧着眉问："大半夜去别人家？"

林栩之无辜地耸了耸肩："也或许就来过我家，毕竟是邻居关系。"

恰好这时，未见得空暂时休息，转身朝这边走过来。

或许并不想让未见知道他来过，辛钊适时离开。

林栩之看着辛钊的背影，似笑非笑地思考着问题。

还喜欢未见吗，还是仅仅只是愧疚后悔，哼，他轻笑一声，不过都不重要，他不会让未见回到辛钊身边的。

未见顺着他的目光看过去，什么也没有看到，拿过先前让他拿着的奶茶，好奇地问："你在看什么？"

"大概在看一个瞎子吧。"一个眼光很差的瞎子，林栩之想。

"嗯？"

　　林栩之已经适时地收回目光，难得耐心地解释了句："一个无关紧要的人。"

　　"哦。"未见将信将疑地收回目光，她刚刚怎么好像看到辛钊了，但很快否认，真是好笑，辛钊怎么可能会来这里。

　　后来因为好多事情要忙，未见也顾不上林栩之，一直到演出结束。由于演出时间的临时调整，剧团众人一一跟观众道歉，并且贴心地给每个人准备了小礼物。

　　等忙完所有的事情，从剧院出来的时候，林栩之早已等在外面了，未见扬了扬手上的小袋子："林医生，谢礼，就当是你救了我。"

　　"就这个？"林栩之看了一眼，似乎有些嫌弃。

　　未见顺手将东西扔在车上："有就不错了，还挑三拣四。"

　　忙了这么久，林栩之也就没有多问，直接将车开到临近的一家餐厅，两人在里面吃了点东西之后，直接回家。

　　未见还在感冒，累了一天未必吃得消，这不，吃完东西一上车没多久，就倒在副驾驶座上睡着了。

　　林栩之趁着红灯的空当给她从后座拿了条毯子盖在身上，刻意地放慢了车速，好让她睡得舒服一些。

　　车里稍稍开了点空调，或许有些热，未见脸红彤彤的，看在林栩之眼里，莫名地觉得好看。

未见睡觉的时候很乖，文静温婉，区别于她平时那副据理力争的模样。

明明已经到了楼下，林栩之也没有着急叫醒她，什么事也不做就这么等着，直到未见醒来。

"这是哪里啊？"未见揉着眼睛，迷迷糊糊地问林栩之。

"我车上。"

"我睡多久了？"未见猛然惊醒，看了看周围的环境，掏出手机一看，惊呼，"我在车上睡了两个小时，你为什么不喊我？"说完，她这才发现自己腿都睡麻了。

林栩之解释："我喊了，没喊醒。"

未见诧异，她什么时候睡觉那么沉了，到了喊不醒的地步？

不等她发问，林栩之已经催着她下车，说是明天还要上班，没空和她在这里看星星。

未见刚睡醒没有工夫在这里和他闲扯，下了车之后，直接往自己家赶，可能是因为感冒，今天忙了一天，异常累，回到家，简单洗漱了一下，立马就睡了。

远　辰　落　身　旁

第五章

十一维空间

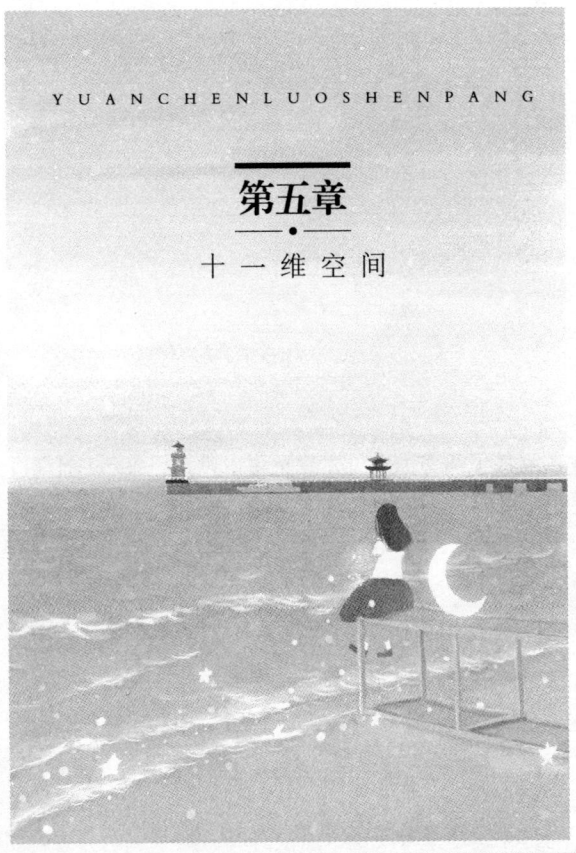

"林医生，你说，是我不行，还是你不行啊？"
"那你好好反思一下是自己哪里不足吧。"

01

　　一连在家睡了两天，未见才算是缓了过来，果然是比不上年轻的时候了，当年就算是再怎么严重的感冒，吃次药睡一觉，第二天立马可以生龙活虎的。

　　助理过来问未见中间空出来的一个月，有没有别的打算，不然可能会配合剧组那边提前和同组演员见面什么的。

　　未见本来还想说出去玩几天，可想到上次苑山县的事情，果断地否决了，还是待在家里安全。

　　不忙的日子总是过得飞快，这段时间，除了偶尔会去剧团办一点点事情之外，基本上也没有别的事情。

　　每天，醒着就看会儿电视，背会儿台词，困了就睡了，饿了就吃，醒了继续背台词，日子过得昏天黑地，不分昼夜。

倒是去林栩之家里串了几次门，主要是林栩之的手艺不错，其次就是，她懒得换衣服化妆下楼买吃的，更不想自己做。

这天，未见在背了十来页的台词之后，突然烦躁了起来，也不管身上穿的还是家居服，头发也是随意扎了个揪揪，穿了双拖鞋就去了楼上。

林栩之打开门，打量着门口像疯子一样的女人，面露难色："你这又是什么打扮？"

未见这才注意到自己的衣服和发型，却也毫不介意："哦，刚刚在家背台词，临时想到你，就上来看看。"

林栩之无奈地冷哼两声，却也还是让她进去了，只是，他还没来得及关门，里面就传来了一声尖叫。

"林栩之，你怎么不说你家还有人啊？"

林栩之看了看正在沙发上好吃懒做的人，同未见介绍："忘了和你说，我朋友，宋杭远，难得休假过来看我。"

"我是惊讶这个事情吗？"未见被他气死了，着急地往外走，"我形象啊，在大众眼中甜美可人的形象啊。"

"这是秦未见，住在楼下的邻居。"林栩之介绍完，半是安慰地拍了拍她的肩，"放心，他女神是于归雪，你怎么样都入不了他的眼。"

于归雪吗？未见难得的胜负欲在林栩之说完那句话之后瞬间被激起，看着宋杭远的眼神忽然变得凌厉，恨不得将他盯出一个洞来。

宋杭远看了看未见，又看了看林栩之，被未见看得莫名心虚的他，强颜欢笑伸手和她打着招呼："大嫂好，我叫宋杭远。"

未见若有所思地点了点头，就在林栩之以为她可能会直接冲着宋杭远发火的时候，她却突然冲出了门。

"大嫂这是怎么了？"宋杭远指着来去如风的未见，问林栩之。

林栩之摊了摊手，表示自己也不知道，却又马上强调："她暂时还不是我女朋友。"

"暂时的问题，很重要吗？"宋杭远问。

"目前来说，还算重要。"

未见再次出现在林栩之家门口的时候，已经是一个小时之后。

她身上那件松松垮垮的家居服已经换成了一件剪裁精细、略显宽松的阔袖衬衫，下身是一条阔腿裤，搭配着一双十厘米的细跟高跟鞋，头发应该是刚洗过，简单地吹了个造型出来，脸上是难得在家看到的精致妆容，整体看上去，成熟里透着丝丝的性感。

"你这又是唱哪一出？"林栩之打量着她这身打扮，不解地问。

平时她来他家，一般身上穿得随意，要不是今天的打扮实在有些邋遢，他也不会说的，就算是他家现在来了客人，也没必要打扮成这样吧。

未见没有理他直接走到宋杭远面前："说，我现在这样，有没有把于归雪比下去？"

"啊？"宋杭远还没有从她刚才的形象中缓过神来，为难地看看未见，又看看林栩之，心里纠结着不知道应该怎么回答。

"那换个说法问。"未见拨了拨头发，"看着我，说，是我好看还是于归雪好看。"

宋杭远为难地抿着嘴，这可是怎么说都得罪人的事情啊，他要是说于归雪好看……他看了看未见，恐怕不行，可要是说她好看，他看了看林栩之，果断否决。

最终还是林栩之帮忙解的围："你一个靠演技说话的演员，和一个靠脸吃饭的演员计较什么？"

未见凶狠狠地瞪了一眼林栩之："你知道什么，打败对手，那是要从方方面面，让对方输得心服口服。"

"你好看。"林栩之说。

"我就知道。"得到答案的未见终于心满意足了，也不管这话到底是谁说的，反正就是高兴。

　　在简单交流之后，未见才知道宋杭远是个科学家，每天都在和各种机器人打交道的那种。

　　未见倒是和谁都能聊得开的类型，虽然两人中间横着一个于归雪，可丝毫不影响别的方面的交流，而在他们聊天的空当，林栩之已经去厨房做饭了。

　　聊到一半的时候，未见才反应过来，宋杭远一直叫她大嫂的事。

　　"我不喜欢林栩之的。"

　　在两人聊得还算不错的时候，未见忽然冒出这么一句，说得相当直白坚定。

　　宋杭远一下没有跟上她话题的转换速度，好一会儿才反应过来，笑呵呵地说："那真是不好意思，我这不是第一次在林栩之家里看见女的，就以为你们俩可能是……"

　　"不可能！"未见否认得相当干脆。

　　宋杭远笑而不语，顺势接着前面的话题继续往下聊。

　　在林栩之这里解决了中饭，回去之后，未见立马卸掉了脸上的妆，换回了家居服，又开始背台词。

　　燕沁打电话约她出去的时候，正好离开机没有几天，中间去过几次剧组和相关的演员稍微见了下面。

不知道是剧组的原因，还是辛钊真的很忙，一直到现在，两人也没有碰到面，不过这样也好，未见想，至少她现在还不想和他见面。

这段时间大家都在忙，和燕沁倒是也有很长一段时间没有见面了，上次她被绑架的事情，燕沁知道后，直接一个电话打到了左北牧那儿，至于后来他俩怎么解决的，未见倒也不关心。

见面的地点定在了一家常去的露天咖啡馆，未见到的时候，燕沁已经等在那儿了。

招呼着服务员点了一杯拿铁，加了份慕斯蛋糕，她这才问燕沁："现在有空了？"

燕沁喝了口咖啡，悠闲地说："算是吧，左北牧问我想不想和他共同开个工作室，他出钱，我出力。"

"理由呢？"

"他说是觉得有利可图。"燕沁若有所思地说完，顿了顿，"还有，他好像从哪儿知道，他的那笔修理费是我从打算用来开工作室的钱里拿出来的。"

缺钱的事情是未见透露出去的，左北牧会去查燕沁也能够想到，不过未见可不打算让燕沁知道这些。

左北牧这个人吧，虽然是商人本质，在国外待过很长时间，国外那一套也学了个七八分，但是吧，还是值得信任的。

未见低了下头，这时候蛋糕送上来了，她干脆一边埋着头吃着蛋糕，一边回答："他既然打算投资，应该就已经调查过你，倒也没有什么奇怪的。"

"那你觉得我要不要同意？"

"其实也不失为一个好办法，反正你现在也没有钱，他要是愿意投资，就让他投资吧。"

燕沁想了想，好像也是这么回事。工作室已经计划了好久，也和经纪公司说起过，要不是那个时候意外地撞了左北牧的车，现在恐怕都已经开始实施了。

两人去附近转了转。

燕沁看衣服的眼光向来好，想起过不久就要和于归雪在一个剧组工作，未见立即拉着燕沁给自己挑几套好看的衣服。

燕沁倒也理解她的心思，却还是忍不住说："你根本就没有必要和她计较这些，谁都看得出来你比她漂亮。"

"这个不用你说。"未见将怀里的衣服抱紧了些，"我那是为了让于归雪知道，我现在过得很好，非常好的那种。"

燕沁无奈地笑了笑，却也没有再说什么。当年于归雪和辛钊的事情对未见打击不小，到现在都没有真的释怀啊。

“行，保证让你一去剧组就是焦点。”燕沁把未见往试衣间里一推，“先试试这些。”

大概在商场折腾了一个下午，未见买了几套合适的衣服，才心满意足地离开。

两人顺道吃了个晚饭，各自分开，未见临走时忍不住提醒燕沁，让她好好想想左北牧的提议，反正也不是什么坏事。

遇见辛钊完全是个意外，那天因为剧组的一些事情，未见跟着助理一起去了剧组，和导演聊完出来之后，正好碰到辛钊往里走。

未见下意识地想躲，不过辛钊并没有给她这个机会。

“未见，好久不见。”辛钊淡淡地笑着，好像他们只是许久未见的朋友。

未见一时间不知道怎么回答，呆愣了好半天后，才找回自己的声音：“好久不见。”

辛钊当然看出了未见那一瞬间的逃避，可是他现在并不想在乎：“准备得差不多了吗，过几天就要开机了。”

“挺好的。”

“那希望我们能够合作愉快。”

“嗯。”未见并不想和他聊这些，如果不是因为这部剧，她根本就不想见到辛钊。

辛钊看着未见的眼神一变，掩去了之前的温和，反倒多了几分坚定："你还是没有原谅我？"

原谅？未见忽然觉得可笑，当年他做了什么，现在又在说什么原谅，为了保住自己的人气，承认和于归雪在交往的时候，将她置身何处？当她被人陷害，爆出那些绯闻和照片的时候，他又在哪里？现在又还有什么脸说原谅的。

"没有，学长一直都是我尊敬的人。"未见平静地看着他，眼神却像是透过他看向远处。

辛钊沉默了半晌之后，忽然开口："我和于归雪早就分手了。"

果然，这句话一出来，未见神色一怔，但不过一瞬，她又恢复过来，有些遗憾地说："是吗，那真是可惜，还以为可以看到你们结婚呢。"

"未见……"

"学长，我还有事要忙，再见！"

不等辛钊再说什么，未见已经朝外面走去，助理在那儿等她有好一会儿了。

她还真搞不懂，辛钊现在和她说这些是为了什么，他和于归雪怎么了她并不好奇，甚至一点都不想知道。

助理见她这么久才出来，忍不住有些担忧："未见姐，没事吧？"

未见懒洋洋地躺在副驾驶座上，闭着眼睛，半天才说了一句："我没事，开到我家附近就把我扔下车吧。"

"啊？"

"我想自己走走。"

明明知道不可以，可是在面对辛钊的时候，还是会一遍遍地回想起当初的事情，像是困在了某个迷宫，怎么尝试也找不到出口，还真是让人烦躁。

和辛钊认识是在高中，那时候，未见除了拍电视，还要准备考试，天天忙得昏天黑地，倒也乐在其中。一天，在片场等着布置场景，她特意挑了个偏僻的位置，又睡着了，结果睡得正好的时候被辛钊叫醒。

未见吓得整个人清醒过来，看着眼前不认识的人，不满地抱怨："我在这儿睡觉碍着你了？"

辛钊也不生气，只是指了指不远处："他们找的人应该是你吧。"

她这才注意到，剧组那边因为找不到她而在着急，她匆忙地说了声谢谢，却把剧本落下了。

后来辛钊捡到，又还给了她，这样一来二去，两人也就认识了。

再后来未见考入了漓京艺校，两人又在学校遇到，关系也渐渐亲密之后，自然而然地发展成了男女朋友。

辛钊毕业后，顺利地签了经纪公司，正式投入到演艺事业中，而未见也在紧随其后地努力着，原以为一切都在朝着好的方向发展，谁知，娱记爆出辛钊和于归雪约会的照片。

未见知道是于归雪设计的之后，自然气不过，直接找到片场打了于归雪一巴掌，却没想到这个事情被人利用，说未见是因为被于归雪抢了女一号，才这么做。

可这时候，辛钊的经纪公司却公开承认，他和于归雪的事情，只是因为当时两人正好有一部剧要上映，公司想借这个事情炒作一次。

她和辛钊一直都是地下恋情，因为怕影响辛钊的事业，反倒给了他们便利。

紧接着，一系列名为未见仗着自己是秦氏大小姐，而在片场不尊重人的事情被爆了出来。

那段时间，未见几乎每天都躲在家里，甚至连窗户都不敢开。

她从小就在剧组混，和那些导演制片什么的，多少都见过，和其他艺人相比，自然就少了那些规矩，却没想到现在居然被人利用。

哪怕秦氏以最快的速度进行了公关，可因为未见死活不肯让他们说出她和辛钊在交往的事情，其他的解释，都显得苍白如纸。

这期间，未见因为长时间被记者围堵，被网上的一些消息攻击，而一度不能面对任何像镜头的东西，甚至是手机。

　　"你想喝酒吗？"在车开到半路的时候，未见忽然坐起来，看着助理，认真地说。

　　"我不会喝酒，未见姐。"

　　未见有一瞬间的失落，又接着来了兴致："那我要是愿意教你喝酒，你去吗？"

　　"未见姐，这不好吧。"

　　一听喝酒，助理有些为难，虽然她是未见的助理，可实际上是归崔女士直接管理，要是让崔女士知道她带着未见去喝酒，她恐怕就麻烦了。

　　"那算了，我自己去喝。"见助理不愿意，未见也不强求，她现在烦得要死，就想喝点酒，什么也不想地睡一觉。

　　助理委屈地抱怨："未见姐，你就不要为难我了，要是让崔总知道我放你一个人去喝酒，我会挨骂的。"

　　看着助理那副可怜兮兮的模样，未见无可奈何地叹了口气，不满地说："也不知道你是谁的助理，那你把我送到家，我在家喝一杯总可以吧。"

　　助理这才放下心来："未见姐真是好人。"

　　"别说这种话，我现在很烦，说不定马上就会改变主意。"未见没好气地警告。

做人还是不能太善良，明明自己现在烦得要死，却还要顾及小助理的工作，而不得不压抑着自己想喝酒的欲望。

最终，她还是没有为难助理。

把她送回家之后，助理还有些不放心地问："未见姐，要不我留下来陪你吧？"

未见故意凶狠狠地推着她往外面走："滚滚滚，不要逼着我出去。"

"那未见姐明天见。"末了还不忘提醒一句，"可千万不要出去喝酒。"

未见不耐烦地应下来："知道了，二十出头的小姑娘怎么也这么啰唆。"将车钥匙丢到她手中，末了又补充了一句，"一会儿开我的车，明天再还给我。"

送走了助理，未见才恍然发现家里根本没有酒，后悔自己刚才那么善良到底是为了什么。

心情差的时候，做什么都觉得不对，打开电视还在里面看见于归雪，真是烦躁透了。

林栩之曾经说："其实你也不是那么爱辛钊，否则不会在出事之后，没有找辛钊对峙过一次，就连去找于归雪也不过是不喜欢被人背后阴了，至于为什么不让人公开恋情，恐怕那段恋爱连你自己都觉得丢脸。"

是这样吗？未见本能地想反驳，却发现竟然找不到佐证的理由，或许她真的没有那么爱辛钏，第一时间去找了于归雪也不过是因为生气，而在得知辛钏的公司承认他和于归雪的恋情时，她忽然觉得自己像个傻瓜。

在沙发坐了没一会儿，未见忽然站起来，不能喝酒，那就找点别的事做吧。

她先是找了个梯子拆了客厅的窗帘，放进洗衣机，又彻底打扫了有一阵没去管的厨房，将闲置物整理了一遍，扔了些不要的东西，跪着将家里的所有地板彻底清洁了，家里的家具不分大小都给擦了个遍，甚至连头顶的灯都没有放过。

等忙完这些，天都已经黑了，别的作用倒不见得有什么，只是饿得慌。

随便做了点对付着吃下，早早洗了澡便躺在床上，敷着面膜听着歌，不知道从哪里翻出来一本《论演员的自我修养》看了起来。

02

失眠还真是折腾人的事。

原以为自己忙了这么一下午，总该能够早点睡，醒来之后，世界依旧太平，却没想到，她这么累了，脑袋却不配合地异常清醒。

窗外小到可以忽略不计的风声，怎么摆都不对的姿势，甚至在暗示自己早点睡的时候，身体像是故意较劲般，开始不舒服。

她很少失眠，除了那段时间，因为外界的压力折腾着整夜整夜睡不着，也是那段时间，差点瘦脱了相，一连补到现在，也没见什么成效。

在数了上百只绵羊没有作用之后，未见终于一掀被子，直接冲出家门。

林栩之看着半夜出现在自家门口，穿着睡衣、头发凌乱、脸拧成一团的女人，顿时没了脾气。

大半夜睡得好好的，硬生生被她吵醒。敲门的声音大得很，不知道的还以为她是来拆房子的，要不是隔壁人好，这会儿该出来骂人了。

"你大半夜敲我家门干什么？"林栩之盯着未见，无奈地问。

未见委屈地撸了撸鼻子，眼睛扑闪扑闪尽显委屈："我这不是睡不着，就想找你聊聊天嘛。"

"这个点？"林栩之下意识地反问。刚才起来的时候，他顺便看了一眼时间，如果没有记错的话，现在是凌晨一点。

"不是这个点就不会来找你了。"

大半夜冲到他家门口，就为了睡不着，想找他聊天，尤其是她现在这副打扮，怎么看，好像都不合适吧。

其实未见心里未必有底，她还从来没有大半夜这样麻烦过人，尤其是林栩之现在看上去还有点生气。

最终，林栩之还是让她进去了，他实在受不了她那双委屈巴巴的眼睛，像是会说话般告诉他，拒绝了她会显得多么没良心。

未见难得规矩地在客厅沙发坐下，小心翼翼且讨好地说："林医生，你就是个好人。"

林栩之今天忙了一整天，到家原以为可以早点睡，却又半夜被她叫醒，现在并没有什么精神和她闲扯，却还是倒了杯水给她："不用你特意说明，不然你现在也不会坐在这里。"

"那你就陪我聊会儿天吧？"未见笑着提议。从林栩之放她进来的那一刻，她就知道，林栩之不会放任她不管。

"没看出来我现在很困吗？"林栩之站在一旁，昏昏沉沉的样子看上去好像下一秒就会睡着。

她当然知道他现在很困，她也很困，很想睡觉啊，可问题是根本睡不着。

从辛钊莫名其妙地说了那些话之后，她心里就乱成了一团，尤其是想到两人日后还要同组拍剧，每天都要对着他，甚至后面还有一个于归雪。

如果可以，她真想倒回去好好抽当时的自己一巴掌。

未见难过地说："可我好像在失眠，林医生要不你发发善心做做好事？"

林栩之目光对上未见，长久没有说话，像是在善良和睡觉之间做着交战，又像是思考怎么赶走未见。

最终，他败下阵来，问了句"要说什么"，顺势坐在未见旁边。

未见犹豫着，斟字酌句地在脑海里思考了好久，想着应该怎么样说比较合适，最终开口却还是只有几个字："我今天碰到辛钊了。"她顿了顿，又补充了一句，"他是《青禾寂寂》的男主。"

"辛钊"两个字让林栩之瞬间清醒，轻皱起眉头："然后呢？"声音带着丝丝清冷。

"然后？"未见想了想，不好意思地埋着头，"然后，他好像还是喜欢我的。"

"他说的？"

"我猜的，他只是说他和于归雪……"说到这儿，未见赶紧打住，"哦，这个事情暂时应该还不能随便说，反正差不多就是那个意思。"

林栩之双眸沉了一瞬，看着像是有些生气："他没有直接说，那就是你想多了。"他盯着未见仔细瞧了瞧，"你不会是很久没有谈恋爱，脑子变傻了吧？"

未见不满地反驳他："只听说谈恋爱变傻的，哪有单身久了也会变傻。"

"你啊。"

"林栩之！"未见气嘟嘟地瞪着他，"我是上来和你笑谈人生解忧愁的，不是上来和你呛嘴的。"

"那我这份工作还真是累，大晚上刚睡下就被人吵醒不说，还要在这儿陪着她谈心。"林栩之忽然想起什么，"秦小姐你应该知道我的价格吧。"

未见生气地猛灌了一口水，吞下之后，理直气壮地说："按夜算会不会便宜一点，那把你今晚都给我吧。"

话一说完，未见就发现自己说错话了，在林栩之瞬间变得难看的脸色中，缓缓地埋下头，不再说话。

四周在那句话说完之后，像是被什么凝住了一样，安静到了极致，让未见慢慢开始心慌。

她和林栩之确实算是朋友，可也顶多就是对着来，从来没有开过这样轻浮的玩笑，哪怕当时只是无心。

难不成，单身久了真的会变傻？

未见听着自己因为紧张而越来越清晰的心跳，尴尬得无所适从，而林栩之一直没有说话，就那么直直地盯着她，恨不得将她看穿似的。

不知道过去了多久，才终于听见林栩之缓慢地开口："你要是没事就下去吧，我明天还有事情要忙。"说完，他起身朝卧室走去。

"林栩之，你就这么把我扔在这里不管啊？"未见不可置信地问。

林栩之回房间的动作没有因为她的话而停留，只是在路过电视柜的时候，忽然停住，从里面翻出一瓶安眠药，扔给未见："回去后吃两粒，好好睡一觉。"

不管未见拿着那瓶药的可怜兮兮的样子，林栩之转身回了房间。

未见捉摸不透林栩之。

林栩之这个人心思深得很，可平时就算再怎么不愿意，也不会就这么把她打发在这儿的。

林栩之现在未必好受，他也说不上来自己为什么会这么生气，不是因为未见大半夜把他吵醒，而是因为她提起辛钊是《青禾寂寂》的男主。

辛钊吗，《青禾寂寂》的男主吗，还真是个让人不怎么舒服的消息。

明明前面还困得要死，现在反倒睡不着了，在床上躺了不到五分钟的林栩之忽然坐起身来，重新回到客厅。

果然还在！

未见眼睛微微湿润地盯着林栩之房门的方向，在他出来的那一刻眸光一闪："我就知道你不会扔下我不管。"一丝笃定，一丝欢喜。

林栩之冷哼一声，直截了当地问："你还喜欢辛钊？"

"啊？"未见一下没反应过来，"怎么可能喜欢，可是看到他的时候，听到他说那些话的时候，还是会生气。"

"只是生气？"

"不然还想让我怎么样？当年那么惨你不是没看见，我还不能有点情绪了？"

林栩之半眯着眼睛透过未见的神态表情，判断着她话里的隐藏情绪，发现她好像真的只有生气之后，迅速恢复成之前那副温温和和的样子。

"既然你已经决定重新拍电视，就算现在不在剧组遇到，以后也会的，早点碰到对你来说也没有什么不好。"他这才开始帮未见分析形势。

"可问题是，我们这次还有好多吻戏。"

还真是哪壶不开提哪壶，林栩之的火气唰地又冒了出来："难不成你还不能有吻戏对象，不是他早晚也会是别的男演员，好歹他还是你前男友。"

"林栩之，有你这么戳别人痛处的吗？"

"我说错了吗，难道那段恋情没几个人知道，就不作数了？"林栩之不由得咂舌，"我没想到你是这样的女人。"

未见不服气地反驳："我是什么女人了，美丽善良、温柔大方、独立坚强，好女人该有的优点我都有。"

"可你蠢啊。"

"林栩之——你！"

未见被气得说不出话来，也不知道林栩之今晚到底是怎么了，阴晴不定的，没说两句好话就开始戳别人痛处，有他这样的吗？！

她委屈地看着林栩之，眼睛红得好像下一秒就会委屈地哭出来，模样可怜极了。

林栩之自觉刚才自己说得有些过了，可又不想从她嘴里听到任何关于辛钊的事情，看着她好像也没有现在就走的打算，他只好换了个话题。

"看电影吗？"

未见好像这才想起自己孤身一人大半夜闯进男人家里，警惕地看着林栩之，强调道："我不是那种随便的女人。"

"那你觉得我是随便的男人？"林栩之对于未见的后知后觉予以鄙视。

盯着林栩之看了好半天，未见才将信将疑地说："那你就随便放一个吧。"

最终两人选了一部早前的英国电影——《看得见风景的房间》。这部剧未见很早之前就看过，是两个生活在不同阶层，同时存在诸多不合的两个人，最终打破世俗的芥蒂走到一起的爱情故事。

林栩之看电影的时候不喜欢说话，他是那种觉得再无趣的电影，也能从里面找出点乐趣来的人，他这样，未见也就只能乖乖地坐在旁边，不说话。

也许是因为电影早前看过很多次，又或者是长时间的失眠，真的有些累了，总之，电影开始没半个小时，未见就觉得有些困。

林栩之只觉得肩上一重，转过头，却看见未见已经枕着他的肩膀睡着了。

他不是没有见过未见睡觉的样子，治疗的时候，未见有时候什么都不想说，也会在他的诊疗室睡觉，只是今天好像有些不一样。

未见本来就是五官精致的女孩子，在现在这种并不清晰的朦胧灯光下，反倒让她更加诱人，林栩之的目光，从她的眉眼到鼻梁，最后，停在唇间。

忽然，他的心没来由地一颤，像是有只手，拨动了心上的一根弦，微颤有余音。

第二天醒来的时候，未见还有那么一刻的迷糊，想了半天，才反应过来昨天晚上自己大半夜跑到林栩之的家里。

她卷着衣角，站在林栩之面前，满脸的不好意思："林医生，谢谢你，大半夜的还来麻烦你真不好意思。"

"知道就好。"林栩之在沙发将就了一晚，起得也就早了点，这会儿已经坐在沙发看了半天资料。

未见勉强笑了笑，也不打算继续在这儿逗留，刚准备离开，可到门口的时候，又忽然转头问道："林医生，你说，是我不行，还是你不行啊？"还故意略带遗憾似的。

林栩之疑惑地转头看向她，打量了半天，慢悠悠地说道："那你好好反思一下是自己哪里不足吧。"

本来只是打算临走时占个上风，打击一下林栩之，没想到，反倒她被嫌弃了。

未见郁闷地撇了撇嘴，悻悻地转身回家，明知道不能和林栩之计较，可脑子却一直都在想，自己到底哪里不足了，要说长相吧，当年读书的时候，还不知道迷倒了多少少男，身材，虽然没有特别好，可也没有到差的地步，不至于没有一点魅力。

可两个单身男女一个晚上，就真的只看了一部电影，这话说出去应该不会有人信吧。

从林栩之家里离开，未见趁着助理过来的时候让她顺便给自己买几瓶酒上来，她下次还是自己在家喝闷酒吧，免得被林栩之打击。

至于拍摄的事情，算了，她摇了摇头，不想了。林栩之说得没错，既然已经决定重新回到那里，那么早晚都会遇见他们的。

助理一来就死抱住未见："未见姐，我都快吓死了。"

未见摸了摸助理的头，轻笑一声："得得得，多大的人了，一惊一乍的。"

"你是不知道，我平时一直就走那条路，今天一看新闻，说警察昨晚在那里抓到一个强奸犯，是个惯犯，都通缉好几年了。"

"那我心疼你昨天可能会加班，让你开我的车，还救了你一命？"

"何止啊。"助理感激着再次抱住未见，"未见姐，以后我一定当牛做马，只做你的女人。"

未见无奈地苦笑一声，转身朝房间走去，她今天打算去看看崔女士，因为她不希望崔女士去探班。

助理看到未见在休息日穿得那么正式，一边吃着刚买来的草莓，一边疑惑地问："未见姐，我不记得今天有行程啊？"

"我巴不得你什么事情都不记得，这样我就乐得在家休息。"

"未见姐……"助理委屈。

未见在她的盘里拿了颗草莓，塞进嘴里，顺便喂了小助理一颗："去见你的顶头上司。"

自从决定不再拍戏之后，未见也就很少来秦氏，本来也没有什么必须要来的理由，后来因为那件事，就干脆没有出现。

崔女士看着忽然出现在自己办公室门口的未见，还有些不敢相信："你今天怎么过来了？"

"想您啊。"未见毫无委婉地说。

未见的父亲早年因病去世，这个家全靠崔女士撑着，未见也很依赖她。这下未见难得来公司，崔女士直接放下了手上的工作。

崔女士看了看手机，正好快到中饭的时间。

"没吃中饭吧，出去吃？"

"吃食堂不行吗？"未见问。其实她是怕去远了，到时候崔女士回来还得加班。

秦氏本来就是秦家两兄弟共同创立的，后来未见的父亲去世，那个位置秦家大哥就顺势给了崔女士。为了不辜负秦家大哥的信任，崔女士这些年来，工作从来不敢松懈。

　　未见坚持，崔女士也就没了意见，公司楼下有自己的食堂，平时大家也都是在食堂吃饭的。

　　趁着中途气氛还算不错，未见这才开口说出自己的目的："妈，听秦潜说你过段时间好像挺忙的？"

　　"是有点忙，有一批新人在带。"崔女士有些不解未见为什么这么问。

　　未见赶紧笑嘻嘻地往下接："那样啊，既然你这么忙的话，那过段时间我拍戏的时候，也就不用您去看我了。"

　　崔女士何等人物，自然一眼看穿了她的心思："秦未见，我什么时候养了你这么个小白眼狼。"

　　"你一过去，阵仗又弄得很大，到时候你让别的演员怎么看我。"未见埋着头说得委屈极了。

　　"现在就开始嫌我麻烦了，老秦啊，你好好看看你女儿……"

　　未见羞愧地看了看四周，疾步走到崔女士旁边坐下，焦急地小声解释："崔女士，您先别急着数落我啊，我那不也是为了您着想吗？您说您去片场，完了辛钊于归雪都在您跟前转着，您多难受啊。"

　　"我会让他们更难受的！"崔女士斩钉截铁地说。

"别啊，这对我们秦氏的形象，对您的形象都不好。"

崔女士在女儿面前到底也不是太过强硬的人，加上当年发生的那些事情，崔女士也就不再强求，这些年她也想通了，当年一直把未见保护得太好，反倒是在事情出来之后，让未见打击太大，现在干脆让她自己来应对，本来她也不能保护她一辈子。

"吃饭！"崔女士指了指未见面前的盘子，板着脸语气不佳地说。

可未见知道，这事已经成功了，赶紧笑嘻嘻地感激："就知道您会理解我的。"其实她也不想真的大家都撞在一起，到时候万一弄得下不来台，对谁都不好。

离开的时候，未见看了看崔女士脚上的鞋子，略带嫌弃地说："妈，回去换双鞋吧，和你的衣服不搭。"

崔女士不解地看了看自己的鞋，有些疑惑："不搭吗？可是大家都说我今天的穿搭很好啊。"

"相信我，不好看。"未见认真地说。她当然不能告诉崔女士，好不好看她倒没真的感觉出来，不过崔女士那双鞋今天可能会让崔女士出丑，她倒是真知道。

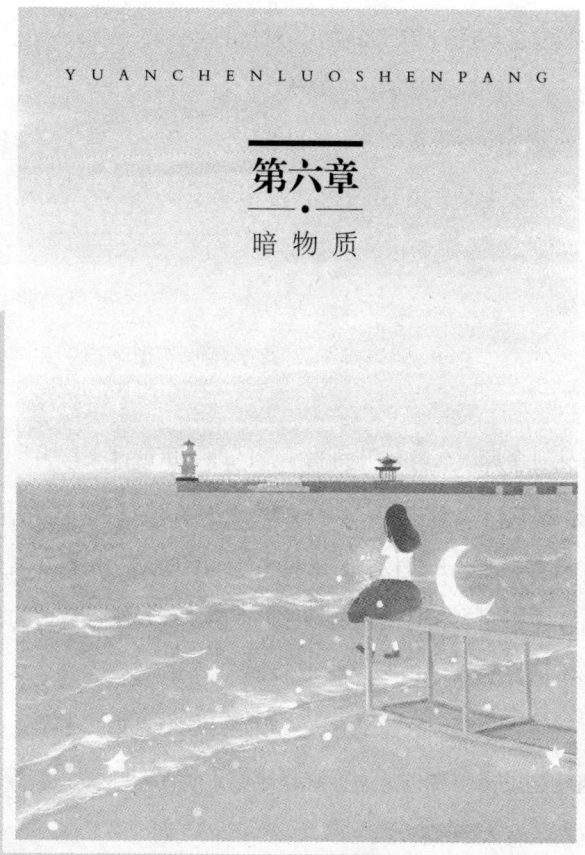

YUANCHENLUOSHENPANG

第六章
暗 物 质

"你谈恋爱了？"
"暂时的消息是这样的。"
"和谁？"
"你啊。"

01

　　在家休息了两天，剧组开机当天，助理一早就过来接未见，生怕她会迟到。

　　很久没有参加过开机仪式，未见本能地有些肃然起敬。离开这一行有些久，重新回来的时候，未见总觉得自己像是刚入行似的，太多的事情都不记得了。

　　有时候仔细想想，真像是老天爷跟她开了个玩笑，当年她因为心理问题离开这里，同时也是为了避开他们，而现在回来，才不过拍一部剧，就把所有人都聚齐了。

　　开机仪式之后，有一个简单的拍摄，戏份不多，主要是让大家提前进入状态，哪怕是这样，也还是到下午四五点才结束。

　　住宿是剧组统一订的酒店，本来崔女士打算让她单独住的，未见没有同意，反正不住同一个酒店，该遇到的人还是得遇到，也就没必要弄得这么麻烦了。

晚上和助理约着去附近转转的时候，正好碰到辛钊回来，于归雪上一部剧还有一些宣传要做，开机仪式之后直接赶了过去，倒是连话都没说上几句。

"学长。"未见客气地打了声招呼，没有所谓的怨怼，更没必要表现得如同仇人。

辛钊这次倒只是简单地点了点头："嗯，合作愉快。"

未见倒也不意外他的表现，毕竟现在他和于归雪还是男女朋友关系，哪怕他亲口和她说已经分手，在没有公开之前，他还是需要扮好自己好男人的形象。

在两人擦肩而过走远之后，助理才小声问未见："你怎么还和他打招呼啊？"

未见无奈地耸了耸肩："因为人家是前辈啊。"

现在她勉强算是演艺圈里的一个新人，就算有着过硬的专业能力，那也是话剧方面，她已经很久没有在电视面前活动，人气什么的，早就不见了。

助理只能不满地耷拉着脸，完全不理解未见为什么心这么大，当年的事情，她多少知道点内情，为此一直为未见鸣不平。未见倒是表现得一副无所谓的样子，说到底，不过是不想去计较。

接到林栩之的电话已经是在一个月以后。

原以为拍摄的过程中，可能会发生类似不开心的事情，不过，未见发现她好像想多了，辛钊除了那次不知道出于什么原因说了那些话，此后，便一如平常。

今晚是一场夜戏，未见需要落水，这是话剧里面没有的情节，不过小说中倒是提到过，在电视剧里就变成了重要情节。

在大家准备的时候，未见难得地坐在旁边休息，今天一天的拍摄还没有休息过，这下实在有些熬不住了。

差点睡着的时候，助理递过手机给她："未见姐，你的电话。"

未见看了一眼来电显示，有些意外。她过来剧组之后，和林栩之还没有联系过一次，没想到，林栩之倒是主动打电话过来了。

"林医生？"未见脸上不易察觉地浅笑着，"想不到你居然还记得给我打电话。"

林栩之自动忽略掉她话里的嘲讽："在休息？"声音温柔的，甚至带了点宠溺。

未见看了看前面已经忙得差不多的剧组人员，委屈巴巴地说："真是这样就好了，我现在估计倒在床上就能睡。"

"还在拍戏？"

"难不成林医生还觉得我这项工作很轻松？真该让你看一看我的艰辛。"

"什么时候有空？"林栩之问。

"我也在想我什么时候有空，已经忙了两天，今晚可能还要等到凌晨。"未见说完，导演那边正好叫她过去准备，只得匆忙地和林栩之道别，"我又要去忙了，林医生再见。"

林栩之坐在车里，看着手上已经挂掉的电话，无奈地摇了摇头，看来真的很忙啊。

未见结束今天的拍摄，已经是将近凌晨的时候，因为太困，连连打着哈欠，催促着助理快点回酒店。

助理看未见这个样子，心疼地说："未见姐，要不和导演说说，不要把戏安排得那么密集，你这样哪能成啊。"

未见无奈地耸了耸肩，刚想解释，看见拍摄基地的入口停了一辆车，下意识地看了看车牌，然后走过去敲车窗。

"还真是你啊。"

林栩之等得差点睡着，这下倒是彻底清醒了过来，看着车外的人，下意识地问："刚刚结束拍摄？"

未见叹了口气："对啊，刚准备回酒店休息，你来这里干什么？"

"看来是真的忘记了啊。"林栩之看着他意味深长地说，随即走下车来，手上还拿着一个不大不小的盒子，"拿着，我从宋杭远那里要来的。"

未见将信将疑地接过："这是什么啊？"

"生日礼物。"

未见愣了一下，这才反应过来，高兴地看了看手上的礼物："林医生居然会记得这个，你不说，我还真给忘记了。"顺势抱了抱林栩之，"谢谢你，林医生。"

如果林栩之不说，她确实忘记了，助理前两天还和她提起过，不过从昨天晚上开始，就一直忙着拍摄，休息都没有时间，哪还记得这个，今天辛钊倒是说过一句，不过她没怎么在意，过后就忘了，崔女士恐怕也不记得了，至于燕沁从来就没有记对过她的生日，她完全没想到林栩之会因为这个特意过来。

林栩之脸瞬间红了起来，好在是晚上，没人看见，却还是拍了拍未见打在自己肩上的手："哪有女孩子这么不自重！"

未见没空闲计较这些，满心思都在想着盒子里到底是什么："林医生，这里面是什么呀？"

"宋杭远那儿的鬼东西。"林栩之也不隐瞒。

宋杭远？未见想起那次去他家，正好宋杭远也在，两人就宋杭远的工作聊了几句。宋杭远那儿的鬼东西——难道是机器人？

未见忽然想起一个重要的事情："林医生怎么知道今天是我生日的啊？"她并不记得他和林栩之提过这些。

"以前患者资料里写到过，今天整理的时候看到的，不然你以为我还特意去背啊？"林栩之诚实地回答。

不知道为什么，未见居然有那么一瞬间隐隐有些失落，不满地撇了撇嘴："我当然知道你不会特意去背，这种时候，你就不能随便撒个谎？"

林栩之一本正经地解释："我不会撒谎，你要回去休息了吗？"他看未见有些疲惫的样子。

未见摇了摇头，将礼物递到助理手上，笑着建议："既然林医生都千里迢迢来送礼物，我当然要请你吃饭啊。"

"已经十二点了。"林栩之看了看时间。

未见无所谓地耸了耸肩："这很重要吗？你又不用减肥。"

最终林栩之拗不过未见，跟着一起去了一家二十四小时的甜品店，要了一个不大不小的蛋糕，虽然没有点蜡烛，勉强也算是点题。

林栩之从打电话的时候起，就等在那儿，一直到未见拍摄结束，现在倒还真有些饿了。他大概是少数喜欢甜食的男人了，看到满桌子的甜点，一下就来了食欲。

等两人吃完，已经是一个小时之后。不知道是不是吃了东西，她反倒没有那么困了，一边和林栩之闲聊着，一边朝酒店走去。

现在这个点，林栩之也不可能再开车回家，并不安全，干脆在酒店开了间房，准备明天早上再回去。

新闻出来的时候，未见正在睡觉，这两天一直在连续拍摄，导演担心她吃不消，特意给她放了一天假，让她好好休息。

助理来敲门的时候，她一下还没反应过来，迷迷糊糊地在床上坐了好一会儿，才起身去开门。

"什么事啊，今天不是没有安排行程吗？"未见倒也没有起床气，只是有些有气无力，甚至还在打着哈欠。

助理慌张地看了看周围，迅速闪身进入房内，关上门，紧张地问："未见姐，你还没有看今天的娱乐新闻吧，网上说你疑似恋爱，对方不仅来陪你过了生日，而且两人在饭后，还直接去了酒店。"

未见一下没有消化这些话，过了好一会儿，才惊呼："什么！我疑似恋爱？"

"现在网上这个话题一直在往上冲，眼看就要登顶热门了。"助理顺便提醒。

未见顿时睡意全无，迅速给林栩之打了电话过去："林栩之，你在哪儿？"

"家里，怎么，有事吗？"

"你快去看看今天的娱乐新闻，看完直接来找我。"未见焦虑地说着，完了又立即改正，"算了，千万不要来找我，直接打电话给我。"

林栩之疑惑地问："怎么回事，你上新闻了？"

未见干笑两声："准确地说，是我们。"

这次不等未见再说什么，林栩之已经主动挂了电话，迅速去查看最新的娱乐新闻。

照片是昨天晚上拍摄的，应该是正好在影视城附近，自然埋伏了不少记者，昨天太晚，倒是让他们掉以轻心了。

照片不仅有未见当时因为兴奋抱他的，就连两人在二十四小时甜品店，最后，停在了酒店门口。

这种模棱两可，又像是证据确凿的照片，还真是让人不相信都难。

"对不起。"

林栩之给未见回去电话的第一时间，直接就道歉，他知道未见现在刚重新回去拍戏，这戏还没拍完就传出这样的绯闻，对她未来的发展多少是有影响的。

未见也有些愧疚："该说对不起的是我，害你卷入这种事情。"

"说的也是。"林栩之似乎并不介意这些，"那等你那边把事情解决好，我们再联系，这几天我会注意的。"

"林医生，放心，我不会让你受影响的。"未见保证。

林栩之轻松地笑了笑："嗯，知道就好。"

和林栩之挂了电话之后，未见被通知在房间等着秦潜。秦潜管着秦氏的公关部，这种时候，自然要率先过来问清楚情况的。

等秦潜的工夫，未见看到桌上昨天林栩之送的礼物。心想，看来自己可能真的一下还不适应当艺人，当时林栩之来看她，她一高兴，完全忘记了自己应该时刻注意形象，远离没必要的绯闻的。

正好无聊，未见决定拆开礼物看看。助理已经下去给她买早餐了，现在房间就她一个人。

昨天晚上没来得及细看，今天才发现，林栩之的审美好像也不错，纯深咖啡色的礼物盒，还挺好看的。怀着好奇的心理，未见赶紧打开盒子。

一个卡通的人形机器人，看一眼就能萌化人的样子，穿着一身帅气的黑色燕尾服，全身的各个关节都是能够活动的。

未见找到开关，将它往桌上一摆，马上听到它一本正经地说："秦小姐你好，我是机器人阿末，很高兴能来到您的身边。"

未见一下被这个小东西吸引了，笑着问："你知道我是谁？"

"您的一切，我都知道，这是为了能和您愉快交流，而必需的知识储备。"

看着这小人一本正经地解释这些，未见不禁失笑，林栩之还真给她找了一个好玩的小东西，实在是太可爱了。

秦潜火急火燎地从秦氏赶过来的时候，未见正在和阿末聊着最新的电影，阿末一本正经说话的样子让未见莫名地觉得可爱。

中途燕沁千里迢迢打了个电话，问她到底怎么回事。未见认真地将事情的经过全都说了一遍，才算勉强让燕沁相信这只是一个误会。

秦潜一进门什么都不管，开口直接就问："快老实交代，你和林医生到底发展到哪一步了？"

未见这才扔下阿末，一边吃着助理刚买的早餐，一边老实地回答："哪一步都没有，不要妄自揣度我们之间的友谊。"

"还友谊，那酒店是怎么回事？"秦潜追问。虽然他不相信未见会做出这种事情，但是谁能保证没个万一呢。

　　说到这里，未见立马跳起来指责："秦潜你还是不是我哥，我都被这么诬陷了，你不去帮我解释，居然还在这里妄自揣摩。"

　　"我那是为了了解情况，要不是我帮你拦着崔女士，现在她都已经去找林医生了。"秦潜解释。

　　这下未见乖了，要是让崔女士找到林栩之，还不逼着林栩之和她在一起，到时候，她真不知道怎么收场。

　　"简单地说，就是我昨天拍摄完之后，看见林栩之，就上前聊了几句，请他吃了点东西，最后因为太晚，他就在这儿住了一晚上，今天一早已经回去了。"未见说。

　　果然是管公关的，秦潜一下就听出了未见话里的漏洞："在这儿住了一晚上？"

　　"不是在这间房！"未见瞪了一眼秦潜，觉得他在故意搞事请。

　　秦潜这才松了一口气，从她的早餐里夹了个小笼包，临走时对助理说："以后她干什么，第一时间告诉我。"

　　"喂，有你这么当着我的面，指使我亲信出卖我的吗？"

　　秦潜得意地笑了笑："那也是因为你太不让人放心。"

　　事情既然已经有了秦氏的插手，就不用她操心什么了，本来现在她的人气也不怎么样，过两天风声应该就平了，她也没有太担心。

02

于归雪来找她，未见一点也不意外。先不说两人本来关系就不好，这时候冷嘲热讽几句也算正常，何况还是疑似恋爱，于归雪不可能不关心的。

"秦未见，你这是为了刺激谁呢？"

"刺激谁？"未见冷笑一声，"要真是为了刺激谁，你现在恐怕就不会还站在这里和我说话了。"

于归雪的表情明显一顿，辛钊前些天和她提过公开分手这件事，可是被她极力否决了，她不允许，不允许她费了那么多心思才拥有他，现在又要面对失去。

"我只是提醒你，别想着法子勾引别人的男朋友。"

别人的男朋友，辛钊吗？想到前些天辛钊说的那些话，未见莫名地有些同情眼前的这个女人。

"那我也请于小姐不要随便污蔑人，你这样让我男朋友听了会怎么想。"

"你真的谈恋爱了？"

"爱信不信。"说完，未见转身离开，在心里默默地给林栩之道着歉，要不是受不了于归雪那副好像她必须喜欢辛钊的样子，她也不会这么做。

新闻再次出来的时候，未见已经被助理送回了家。

因为剧组周围全是记者，未见怕耽误剧组，就干脆选择回家，毕竟家里的安保系统很好，也比酒店安全。

躺在床上的她，觉得已经没脸见人了，跟于归雪说话的时候怎么就没有想到周围还有记者呢？当时为了让于归雪相信，她甚至还故意加大了音量说"我男朋友"几个字。这下好了。

"秦未见，这次请你来告诉我，又是怎么回事？"

接到秦潜的电话，未见正躺在床上坐立难安，不知道怎么和林栩之解释。她真的没想到，事情会变成这样，前面好不容易才平息下来，一下又被她给推了上去。

"对不起，我真的不是故意的。"

"秦未见，你出息了，居然连我也敢骗。"秦潜追问，"说，什么时候在一起的？"

未见慌张地解释："不是的，我那只是被于归雪刺激，为了扳回脸面才这么说的。"

"秦未见！"

"到！"

"崔女士已经去找林栩之了。"

秦潜一说完，穿着家居服的未见吓得从沙发上跳起来，直接冲到了楼上。

"林栩之，你听我解释。"

门一打开，未见立即深鞠躬道着歉，样子十分恭敬。

林栩之对于未见的随意打扮已经见怪不怪了，伸手提着衣领将她拉起来，一直拎进家门，将她丢在沙发上，才问："又怎么了？"

未见这才注意到林栩之脸上的疲惫，显然是昨天晚上熬了个通宵，早上才睡下。她紧张地抿了抿唇，小心翼翼地问："你应该还没有看今天的娱乐新闻吧？"

"出什么事情了？"

未见干笑两声，不好意思地埋着头，欲言又止，最后一咬牙说："那个，你搜一下我的名字就知道了。"

林栩之将信将疑地拿出手机，将"秦未见"三个字打上去之后，立马出来一大串的相关搜索，其中包括恋爱这一条。

"你谈恋爱了？"林栩之把手机拿给她看。

未见不好意思地点了点头："暂时的消息是这样的。"

"和谁？"

新闻里面并没有说出男的是谁，上次的事情，他也不过是看了一眼，就交给了未见处理，具体是什么情况，他也就看了一次，自然联想不到主角是他，甚至还在想，难怪上次她会着急澄清。

"你啊。"

林栩之下意识地皱起眉，梳理完整个事件之后，平静地点头"嗯"了一声，没了下文。

"这就结束了，你就没有什么要说的了？"未见有些不可置信，莫名其妙被卷入绯闻，他就这样的反应？

林栩之想了想，正打算说什么的时候，门口传来敲门声。

未见看了看林栩之，短短一瞬间，就从沙发上跳起来，跑到门口，笑嘻嘻地打开门。

"妈，你怎么到这儿来了？"

崔女士认真地看着她："这句话应该我来问你吧，这不是林医生家吗？"

"没有，林医生家在楼上。"未见面不改色地撒着谎，这时候要是真让林栩之和崔女士坐在一起，事情还不知道会怎么发展呢。

崔女士打量着未见，差点就相信了她，如果没有林栩之忽然从后面冒出来的话。

"崔女士，您怎么来这里了？"

未见总算体会到了真正的绝望，林栩之的声音从她身后响起的那一刻，崔女士忽然变了脸，像是在给她宣布死刑。

崔女士看了一眼未见，板着的脸是因为她刚才的谎话，随即还算礼貌地和林栩之说："林医生，我有事找你。"

林栩之当然没有未见想的那么多，客气地让开一条道："请进。"

面对已经不能挽回的局面，未见只能认命地关上门，跟在两人身后，像是泄了气的皮球，委屈巴巴的。

"林医生应该知道我找来的原因了吧？"崔女士坐定之后，直入正题。

林栩之点头："应该是知道一点的。"

崔女士似乎很满意林栩之的坦诚："那你什么时候准备和我女儿结婚？"

"妈！"本来在一旁自知有错不敢发言的未见下意识地站起来，"你在胡说什么，这只是一个误会，我和林医生清清白白，不是你想的那样。"

"闭嘴，我有在和你说话吗？"

　　未见只得不情不愿地坐下，不好意思地冲林栩之笑了笑，满是歉意的样子。

　　林栩之沉默半晌，最终笑容浅浅温和地说："虽然我也是今天才知道这个事情，但是请崔女士放心，我会对未见负责的。"

　　"林栩之，你说什么？"未见惊讶地抬头。

　　两人同时选择忽视掉未见。

　　崔女士看了看未见身上的家居服，小心翼翼地问林栩之："你们不会已经同居了吧？"

　　"妈！"

　　"没有，这一点崔女士请放心。"

　　如此，崔女士也没有别的需要问了，满意地说："既然这样，那我也没有什么好交代的，等你们准备好什么时候结婚的时候，再来通知我吧。"

　　"崔女士，慢走。"眼见着崔女士要走，林栩之也不挽留，只是礼貌地将她送到门口。

　　未见真是被这两个人气死了，等林栩之将门一关，立即扑过去，将林栩之抵在墙上，逼问道："林栩之，你刚才说的那是什么意思？"

　　林栩之居高临下地看着近在咫尺的女人，轻咳一声："嗯，你先放开我！"

　　未见这才意识到两人奇怪的姿势，赶紧松开手，可气势依旧不变：
"那你说，你那是什么意思？"

　　"就是你理解的那个意思。"林栩之说完转身朝里面走去，任由
着未见站在走廊，愤懑地追问："我什么时候和你在一起了，林栩之，
你给我说清楚。"

　　回答她的只有关上的房门，以及房间里那声"那你自己好好想想"。

　　之后，秦氏官方宣布，未见确实在恋爱，男方不是圈内人，希望
大家祝福，同时也希望大家不要去打扰两人。

　　未见看到新闻的时候，想死的心都有了，事情怎么就变成这样了
呢？为此，她赌气没有联系过林栩之，真是气死她了。

　　燕沁一下飞机，就直接冲到未见家里。

　　"秦未见，你什么时候背着我做了这么多事情的，前几天不是还
信誓旦旦跟我解释说不是的吗，那你告诉我，现在秦氏的公关解释怎
么回事？"

　　未见缩在沙发上，捧着一杯刚泡好的花果茶，无辜地望着燕沁：
"我现在也想知道到底是怎么回事。"

　　"不是你承认的？"

未见指了指茶几，示意燕沁自己倒茶："我哪次不是一有事情就告诉你，用得着你去看新闻知道吗？"

燕沁一想好像也是："那这是怎么回事？"

未见想了想，总结性发言："我被崔女士和林栩之合伙整了。"

说起林栩之，燕沁若有所思地想了半天，才将自己的疑惑说了出来："你说林医生不会真的喜欢你吧？"

未见冷笑一声，想起林栩之的种种："他疯了，他就算是疯了应该也不会喜欢我的。"

燕沁耸了耸肩，这种事谁知道呢。她知道未见之前那段恋爱对她的打击很大，以至于至今还单身，如果是林栩之，好像也不错。

两人闲聊了一会儿，未见忽然提议："去喝酒吗？我想喝点酒。"

她一心烦，遇到想不通的事情，就喜欢喝酒，好像把自己喝得醉醺醺睡一觉，醒来之后就什么事情都解决了似的。

燕沁惊讶地看着未见，果断地拒绝："秦未见你疯了，我和你可不一样，要是被老全知道我去喝酒，会死人的。我明天还有工作室的事情要和左北牧商量。"

未见看着燕沁，两眼含泪，很是受伤："阿沁，你变了，你以前从来不会拒绝我的。"

　　燕沁最受不了的就是未见这个样子，好像不同意她的提议是件多么伤天害理的事。燕沁只得咬牙同意："去去去，你想去哪儿我都陪你去。"

　　未见喝酒还是秦潜教的。那个时候，未见刚刚进入大学，秦潜就骗未见让她长长见识，去了一家小酒馆。

　　不过未见喝酒向来很有分寸，很少喝醉，大概喝到头开始晕的程度就主动休杯。

　　燕沁陪着她去喝了酒，再把她送回来，这才回去。

　　第二天助理来的时候，未见的头还有些晕乎乎的，事情都已经解决，她差不多也要回剧组那边了。

　　助理瞧着未见这副样子，有些不满地抱怨："未见姐，你昨天是不是喝酒了？"

　　"喝了一点点，放心，过会儿就好了。"未见强打着精神。一下发生了那么大的事情，不让她宣泄一下，她会被逼疯的。

　　助理不好多说什么，不过关于未见恋爱的事情，她还是有些好奇的，明明她一天到晚都跟着未见，居然一点都没有发现，不过看未见现在这样，她还是决定先不要问，为了还能继续站在这个岗位上。

　　今天基本上都是和辛钊的对手戏。这段时间，辛钊有一部电影上映，时不时地要过去宣传，加上事情出来后，未见就回家待了一段时间，导致两个人的戏份一直积压着。

昨晚的酒还有点后劲，但不影响未见的发挥，在化妆间休息的时候，她顺便背了会儿台词，虽然早前都背过了，可为了能够不出任何差错，她一般在开拍之前都还会再看看。

辛钊今天一来，脸色就不怎么好，化妆师给他化妆的时候，都是小心翼翼的，生怕一个不小心就惹恼了眼前这位影帝。

他在演艺圈是出了名的脾气不好，一般很少在片场看到他露笑脸，何况今天这样，任谁都能够看出他心情不好，做事也就谨慎起来，哪怕是这样，他的助理还是挨了批评，原因是带错了剧本。

同在一个化妆间的未见本来是打算当作什么事情都没有发生，可最后看那助理被骂得太惨，实在不忍心。

"学长今天这是怎么了，跟吃了炸药似的，不就是一个剧本的事吗，我把我的借你，你再教训下去，人家都快哭了，等下传出去又说你脾气不好、摆架子。"

辛钊半眯着眼盯了未见好一会儿，才慢悠悠地开口："我脾气不好众所周知，倒是你，一天一个花样的。"

虽然知道辛钊指的是什么，可听在耳里，总还是有些不舒服。未见说道："没办法，该公开的还是敞开来说比较好，也就不麻烦大家猜来猜去。"

辛钊看着她，半天才挤出两个字："很好。"

"学长应对媒体的能力，还是老样子。"

也不知道是出于什么心理，未见就是忽然想刺激一下辛钊，当年的那些事，要说一点都不在意，显然是骗人的。

果然，辛钊因为她的话，脸色瞬间变得阴沉。未见倒是毫不在意，将手上的剧本往辛钊桌上一放："剧本给你放这儿了，别冲小助理发脾气，他们胆子可没我大。"

大概是真的生气了，拍摄过程中，辛钊像是故意整未见似的，明明不过是一个简单的镜头，两个人表演得也很到位，他硬是觉得不好，重复要求导演再来一条。

他现在是大明星，和当年那个跑龙套的可谓是天差地别，导演也不能明着和他对着干，只能让整个剧组陪着他一次又一次重复。

最终还是未见看导演为难，也不管所有人都在，直接问："辛钊，你是故意的吧？"

"难道你不是故意的吗？"

未见知道辛钊说的是哪件事，可那是故意吗？她要是知道事情会发展成现在这样，她一定不会逞那一下强，落得现在这个处境，不过这些，她没有必要和辛钊解释。

"你应该清楚，那根本就不是故意。"她要刺激他有的是方法，根本没有必要用这种最蠢，且搭上自己的招数。

辛钊看了看周围的工作人员，拉着未见直接朝化妆间走去，也不管未见跟不跟得上，进去后，将门一关，直直地盯着未见，步步逼近。

"难道我上次说的还不够吗？需要我一字一句、明明白白、清清楚楚地告诉你吗？"

"我不想听。"未见着急地打断他。退无可退的她，已经用手撑着身后的化妆台了，却并不示弱。

她并不觉得他们之间还适合谈这些，既然已经互相默认地分道扬镳，那就注定再无交汇。

辛钊咬着牙，像是把每个字都咬碎一般："秦未见，你一定要逼我吗？"

"我不知道你在说什么。"未见难得装傻，"我说过，你是我尊敬的学长，一辈子都会尊敬的学长。"

"我和于归雪已经分手了，我们早在两年前就分手了，因为我心里一直放不下你。"辛钊再次逼近，看着未见的眼睛，有着死一般的坚定，"秦未见，我这么说，你能够听明白了吗？"

未见只能再往后躲了躲，神情有那么一瞬间的发愣。如果这种情况再早个几年，在她还没有彻底对他死心的时候说出来，她一定什么都不管，直接告诉他，她心里也还有他，可现在，她只是觉得可笑。

"我听不明白，也不需要听明白，因为我不想让我男朋友误会。"

她忽然觉得林栩之好像有那么一点点作用，至少在这个时候，她可以说得理直气壮。

"秦未见，你当我傻吗？这几年里，你连男性朋友都没有几个，更别说男朋友了，你以为这样做，我就会傻傻地相信。"

看着辛钊那副坚定的样子，她忽然觉得可笑，是因为这样，就认定她心里一定还有他吗？就这么肯定她一直没有谈恋爱，是因为还爱他吗？

这其中，或许还真有他的原因，但，不是因为还爱他，而是因为他，让她对爱情失去了信心。

"学长，我说过，你是我一辈子都会去尊敬的学长，有些事情，既然一开始就没有勇气说，现在再提起来，还有意思吗？"

在辛钊打算有下一步行动的时候，未见率先一把推开了他，离开了化妆间。

她觉得自己一定是疯了，才陪着他在这里说这些有的没的，重点是心里居然还莫名地有些难受，这种感觉真是糟糕透了。

剩下的拍摄算不上顺利，未见和辛钊都像是憋着一肚子气似的，除了导演喊开始，不然谁也不会理谁，好在两人都还算敬业，基本上都是一条过。

在场的众人虽然都好奇两人究竟去干了什么，可碍于辛钊的身份，也不敢多嘴去问，不过任谁也知道两人之间有事情。

下午，不知道怎的，林栩之居然过来接她去吃饭，算起来，这还是被官方确定关系之后，两人的第一次见面。

未见总觉得和林栩之这样不清不楚的关系有些奇怪，可新闻都已经出来，她又不能说什么，只是不知道怎么应对林栩之。

看见林栩之的时候，未见下意识地想要逃走，无奈林栩之已经先一步追上她："秦未见，你躲我？"

他用的是疑问句，加上他那温和的语调，听在未见耳里，好像她对他造成了很大的伤害。

"我——我哪有躲你。"未见硬着头皮看着林栩之，矢口否认。

"那你刚才是想干什么，我有那么可怕吗，看着我就溜？"林栩之并不领情，当面拆穿。

未见嘴硬地狡辩："我只是一下想起我的剧本借给辛钊了。"为了表示真实性，她一直瞪大眼，一眨不眨地直视着林栩之。

他们现在的关系，她不躲着，还能怎么样？虽然一开始，好像是她害了林栩之，但怎么现在看来，有种她被暗算的错觉？

"哦。"说着，林栩之就这么拉着她的手走了。

未见吓得赶紧拖住他："你这是要干什么？"

"拿剧本，然后我们去吃饭。"林栩之说得理直气壮。

林栩之和辛钊见面……想起辛钊今天一天的状态，未见赶紧拦住林栩之："我们还是直接去吃饭吧，剧本明天再拿也可以。".

"不行。"林栩之柔和地笑着，果断拒绝。

看来是阻止不了了，未见只能被林栩之拖着往里走。

辛钊还有一场单独的戏，安排在了今天，现在应该还在拍摄。

看到他们的时候，辛钊的目光下意识地落在两人牵在一起的手上。

"你们这是——"他想问她是不是故意的，可林栩之已经抢先说道："秦未见说她的剧本在你这儿。"

辛钊这才看清楚眼前的这个男人正是之前剧院看到的那个，他的调查里，对方应该是未见的心理医生。

"是你？"

"没错，就是我。"

未见看着两个人这没头没脑的对话，有些疑惑，刚想开口却被林栩之看了出来，他拉着她的手紧了紧，示意她闭嘴。

辛钊看着林栩之的眸子似乎能喷出火来，为什么会是他？以秦氏的资本，她大可以有更高的追求，至少应该找一个让他输得心服口服的男人才对。

　　见辛钊迟迟没有动静，林栩之含着笑，柔声提醒："辛先生，秦未见的剧本——"

　　这样，辛钊只能让助理去把剧本拿来，在这期间一句话也没有再说，像是在探究两人是不是在演戏，可一直到他们离开，他也没有看出什么来。

　　从辛钊那儿离开之后，未见发现手还被林栩之牵着，下意识地挣脱开来："林栩之，你占我便宜。"

　　"就你。"林栩之打量了一眼未见，"也要有便宜让我占啊。"

　　"你——林栩之，有你这么侮辱人的吗？"未见气愤地踢了林栩之一脚，想起刚才的事，审问，"你和辛钊认识？"

　　"见过一面。"林栩之并不隐瞒。

　　"什么时候？"

　　"你不需要知道！"

　　"林栩之——"

　　"我就在这儿，能听到，不用叫那么大声。"

第七章

白 洞

"林栩之,你相信我了?"

"没有!"

"那你为什么会去那里,甚至第一时间将我带到医院?"

"那是因为——"

01

周末，因为没有安排未见拍摄的部分，难得休息，《青禾寂寂》已经拍摄了两个多月，未见基本上没怎么休息，就连剧团那边偶尔需要开会，都是挤出时间过去的。

未见本来就是主角，戏份比他们多了一半，基本上所有的情节都是围绕她展开，所以一拍，她基本上都是需要出面的，从开拍以来，就还没有怎么休息过。

睡得迷迷糊糊的时候，燕沁一个电话打过来："秦未见，你看了今天的新闻了吗？"

"看什么新闻，算上之前新闻那会儿，这是我第二次休息。"未见有气无力地应着。

"那你应该不知道，辛钊和于归雪分手了。"燕沁语调上扬，有些幸灾乐祸，"先是辛钊在个人平台上宣布，紧接着于归雪的公司做出了回应，阵仗倒是弄得挺大。"

"这和我有什么关系啊？"未见困得眼睛都睁不开，哪有精力在这儿八卦。

"别以为我不知道，你和林栩之公开那会儿，辛钊不是还把你拖走过吗，剧组的人可都看着呢。"燕沁附带告诉她一件事，"辛钊自己说，是为了一个人，不就是你嘛！"

"他们早在一百年前就分手了，和我有什么关系？"

燕沁疑惑："你怎么知道的？"

"辛钊说的，不要再吵我了，我真的好困，睡醒后去工作室找你。"说完，她便挂了电话。

燕沁的工作室前几天正式开张，未见当时正在剧组，没办法赶过去，让助理送去了贺礼和祝福。

"你不是说要睡觉的吗？"

未见在床上翻来覆去睡不着的时候，阿末突然开口，未见才想起来，昨晚因为无聊逗了会儿阿末，忘记让它休眠了。

"阿末，设定里面没有告诉你，这个时候，应该选择闭嘴吗？"

"你为了别的男人的事烦恼，主人知道会伤心的。"

未见生气地从床上起来，坐着看着："告诉过你多少次了，现在我才是你主人，你怎么就是记不住呢？"

"抱歉，信息库里的设定，我没办法更改。"

"所以说你是林栩之从宋杭远那里要来的失败品啊，除了说话，什么都不会。"未见顿了顿，审视着阿末，"其实话也不是很会说。"

"如果这样能让你不去想别的男人，我不在乎你对我的人身攻击。"

未见直接凑到阿末跟前，瞪着它强调着:"我没有在想别的男人！"

"那你是在想主人吗？"

"我是不可能想林栩之的。"

"可是新闻上已经说了，你和主人现在在在谈恋爱，说不定过不久就会是订婚、结婚、生小孩，这是大部分人类成长的必经过程……"

未见柔柔地笑着，赞同地点着头:"对对对,可是,再见——"说完,轻巧地按下关机键。

小家伙最近真是越来越不可爱了，一天到晚嘴里离不开林栩之，是时候让它闭嘴反思几天了。

和阿末聊了会儿天，人也跟着清醒了过来，她将自己收拾了一下，把昨天的脏衣服扔进洗衣机，出门去找燕沁。

燕沁工作室的地址紧挨着左氏，听说是左北牧选的地址。

未见第一次过来，到附近的时候正好燕沁打电话过来。

听说未见到了，燕沁直接下楼来接她，领着她去了工作室。

这边的装修一看就是燕沁的风格，大胆的色彩冲击，艺术的泼墨绘画，时尚感和个性都很足。

"这一套下来，应该早就超了你之前的预算了吧？"未见巡视了一圈后，坐在燕沁办公室的布艺沙发上，忍不住感叹。

燕沁耸了耸肩膀，语调轻松："这是左北牧请的设计师，我不过是稍微加了点自己的意见，那段时间有几场秀，回来就已经差不多成型了。"

"想不到左北牧对于这个投资，倒还挺用心的啊。"

"大老板也就干了这么点事，除了开业那天，他可就再也没有出现过了。"燕沁摆了摆手，关切地问，"辛钊真和你说他和于归雪早就分手了？"

未见点头："我骗你干什么，辛钊亲口和我说的。"

"他和你说这些干什么，不会真的是还喜欢你吧？"燕沁若有所思地说，"辛钊因为你和于归雪分手，而你现在已经和林栩之在一起，加上那个一直甩不掉的于归雪，好乱啊。"

未见苦恼地往沙发上一躺："够了啊，看来我还是演话剧吧，远离危险。"

两人随意聊了几句正好到了吃中饭的点，未见出门的时候就随便吃了点，现在还真有些饿了。

未见临走的时候，燕沁忽然唤住她："如果辛钊真的追求你，你会答应吗？"

"我现在有男朋友。"未见轻巧地避开了问题，因为她不知道应该怎么样回答。

燕沁瞪了一眼未见："你和林栩之明明就不是那么一回事。"

未见没有回答，只是挥了挥手，然后头也不回地离开了。

周一助理来接她过去片场那边，一等到她上车，助理就迫不及待地说："未见姐——"

"我劝你最好什么都不要说，如果不想被我丢下车的话。"未见靠在座位上，闭着眼睛听着歌，只是说出来的话，火药味十足。

助理委屈地"哦"了一声，真的什么都不再问。她做了未见将近半年的助理，对于未见的性格当然知道，看来未见是真的很烦了，不然也不会这么凶的。

从辛钊和于归雪公开分手的消息出来之后，当年的同学，几个还算熟识的圈内好友，都打电话来问到底是怎么回事，就因为当年她和辛钊的关系最好。好不容易应对完这些，又有媒体打电话来，询问辛钊说的那个人，是不是她。

未见真是烦透了，怎么什么事情都来问她，这事和她有什么关系？

片场倒是没有人问这些，毕竟都是在这个行业混了那么久的人，该说什么不该说什么，大家心里都还是有点数的，何况前些天未见被辛钊单独拉走的事情，大家都看见了，要说两人没什么，谁也不相信，可一个宣布恋爱，一个宣布分手，真是让人捉摸不透啊！

未见没想到辛钊会在化妆间，她没有记错的话，今天根本没有他的拍摄内容。

辛钊显然看出了未见的疑惑，带着点刻意的疏远，却还算客气地说："看来你的助理还没有告诉你，我的活动临时取消，就和导演商量把我们俩的几场先拍了。"

未见转头看向助理，想起前面在车上她好像是有话要说，才记起来从昨天下午开始，就将手机屏蔽了所有人的电话，她还奇怪助理今天一早怎么会用社交软件通知自己。

她故意表现得早就知道的样子："这个我知道，我只是没想到学长这么敬业。"

等到了旁边之后，未见才生气地瞪着助理："为什么不早点告诉我？"

助理委屈巴巴地解释："在车上的时候，我是要说的，可是你不是让我闭嘴吗？"

"我说让你闭嘴，你就不会反抗吗？"未见没好气地说。

虽然知道这件事不能怪助理，可是想着还是生气，凭什么她是最后一个知道的。

未见的拍摄还有一个星期就差不多可以杀青，剩下几场和辛钊的对手戏也是因为辛钊之前在忙电影宣传，才一直推迟到现在。

这将近三个月的时间里，未见基本上没怎么休息，算起来，她还从来没有这么高强度工作过，当初看剧本的时候，也没觉得她有那么多戏份啊。

一定是秦潜在故意整她。

接到林栩之的电话，未见有点意外。就算两人现在在外界看来是男女朋友关系，实际上联系却比先前更少，主要是她躲着他，上次林栩之来片场，还是因为助理看到她被辛钊拖走，悄悄地打电话给林栩之来救场。

有时候，她真该夸夸她这个助理，不仅对她的事情无所不知，胆子也不小，自作主张从来不害怕后果。

她看起来是不是太好欺负了，未见想。

"秦未见，你是不是也想宣布分手？"林栩之开门见山。

未见一下寻出其中意味，嬉皮笑脸地反问："林医生什么时候也看娱乐新闻了？"

"先回答我的问题！"

"你是觉得我疯了吗？"未见没好气地说，随即安慰林栩之，"林医生就放心吧，我不会分手的，至少短时间内没有这个想法。"

好不容易把这个事情平息下来，要是现在自己又往枪口上撞，加上别人的画蛇添足，还不知道事情会变成什么样子。

"那就是有想法？"林栩之抓住重点。

"呀！"未见生气地惊呼一声，"难不成你还真的打算这样下去？新闻完全就是一个意外，崔女士也是一头热，等风声过了，我们回归正轨那是必然的。"

林栩之那边沉默了半晌。

漫长的寂静让未见以为自己又做了什么错事，终于在等到林栩之吐出一个没有温度的"嗯"字时，她才长舒一口气。

"林医生再见，保重身体，切勿胡思——"未见看着已经挂断的手机，补上后面"乱想"两个字，才算结束。

分手的新闻对辛钊似乎没有什么影响，和当初那些事情一样，未见认识他这么多年，还没有见过哪件事情对他有影响。

倒是于归雪，就像是消失了一样，没有解释，没有安慰粉丝，原定的行程也取消了好几个，甚至连剧组也没有来。

经纪人和公司的解释是，于归雪前段时间太忙，长久没有休息的情况下，身体忽然吃不消，需要休养几天。这样的措辞，任谁都会认为和这次的事情有关。

情绪最大的应该算是粉丝了，不管是从一开始接受他们在一起的粉丝，还是后来为了他们俩的恋情而来的粉丝，这会儿都表示很伤心。

有支持的，有难过的，同时还有受不了而开始粉转黑的。

一连好几天，他们的名字一直在热搜上，没有下去过。

在未见只剩下最后一天杀青的时候，于归雪才不得不来到片场，因为其中有一场是和她的对手戏。

于归雪取下墨镜的脸有些憔悴，就算已经将遮瑕涂得很厚，还是能隐隐看出黑眼圈，看来这几天她过得并不怎么好。

"秦未见，这下你是不是很得意？"

一来到化妆间，于归雪就直接冲着未见走去，居高临下地俯视着未见，眼里是熊熊烈火般的愤怒。

未见叹了口气，让助理带着大家全都出去，直到化妆间只剩下她们两个，才开口："请问，有什么需要我得意的吗？"

"你别在这儿给我装傻充愣，辛钊这么做，不就是因为你吗？当初和我分手是因为你，出演《青禾寂寂》是因为你，现在公开分手也是因为你，他做什么都是因为你。"

于归雪应该是很愤怒吧，才会放下她所谓的骄傲，说出这些话来。

"然后呢，你想要我怎么做？"未见冷着脸反问。

匹夫无罪，怀璧其罪，这些事情中，她有做过什么吗，就因为辛钊的某些决定，所以她就一定要成为那个人人得而诛之的人吗？几年前是，现在也是吗？

未见忍不住提醒："别忘了，他和你在一起的时候，我可是被他抛弃的那个。"

"在一起过。"于归雪冷笑一声，"你明明知道，他和我在一起，完全就是那几张照片，而那几张照片，不过是我设计的。"

未见面色一沉，却又很快恢复正常："这就够了，不管因为什么，结果也不会变。"

对未见来说，她和辛钊已经没有可能。她不是好马，却也倔强地不会回头。

　　只是这话于归雪听着，像是未见在讽刺这一切。

　　"结果不会变，好一句结果不会变。秦未见，你知道我为什么这么恨你吗，就因为你这一副高高在上，什么都云淡风轻的样子。"于归雪声音尖厉，仍努力保持着女王的样子。

　　未见忽然有些心疼眼前的女人，不打算继续和她吵下去，她顺手将助理一早倒在旁边的水，递到她面前："那还真不幸，我和你可能还有一段时间必须见面，不过现在，你再这样下去，耽误的可是全剧组的进度。"

　　"用不着你提醒。"于归雪不领情地一扬手，将水杯打落在地，水洒了未见一身，化妆台和地上也不能幸免。

　　"呀！"未见生气地惊呼一声，最终强压着心里的怒气，扯着纸收拾着自己，"要不是我着急拍完休息，谁想提醒你啊。"说着喊了一声助理，让他们进来。

　　外面的化妆师、助理什么的已经等了她们将近半个小时，要是还这么下去，估计全部的人都得跟着挨骂了。

　　助理看到未见现在的样子，赶紧扯着纸试图挽救："未见姐，怎么搞成这样，等下就要拍摄了，这可怎么办啊？"

　　未见叹了口气："不小心弄的，你拿吹风机吹一下吧，应该没事。"

于归雪也没有将化妆间里的事情说出去，骄傲惯了的人，怎么可能轻易低头呢，哪怕眼睛红肿着，像是哭过，却还是端着架子。

趁开拍之前，未见让助理帮自己做一件事，打听一下于归雪今天的行程。

就在刚刚，她看见于归雪被什么东西砸到，情况应该很严重，地上全是血，看得人不由得倒吸了一口凉气。

和前几次预见未来的不知所措相比，未见现在已经能够和自己突然冒出来的奇怪能力和平相处了，甚至还有那么一丁点喜欢它，至少，它好像有那么一点用。

助理不满地抱怨："你要她的行程干什么啊？她现在最恨的就是你，你还去招惹她？"

"就你多嘴。"未见弹了一下助理的头，"叫你去你就去，哪有那么多问题。"

小助理向来和谁都能聊上几句，打听消息这种事情，对她来说，小菜一碟。

这不，没过多久，小助理就已经跑过来，告诉未见，于归雪这段时间的行程，几乎全都取消了，只有唯一的一场，是今天晚上某时尚品牌的新品发布会晚宴。

新品发布会的晚宴吗？

未见凝眉深思了一下，打电话让秦潜给自己弄一下门票，不管怎么说，她都决定过去看看。

未见一向不喜欢参加这些活动，今天主动提出来，让秦潜有些疑惑，忍不住多问了一句："你要那玩意干什么？"

"看热闹。"未见态度坚决，"你就说你帮不帮我！"

"帮！"秦潜向来不能拒绝未见的要求。秦家这一辈就他们两人，未见从小就比他讨人喜欢，家里的长辈都向着她。

何况，他还有一件事需要打听："秦未见，你告诉我，阿沁最近很忙吗，我问老全，老全说阿沁现在在忙工作室。"

"老全没说错啊。"未见点头。最近她很忙，燕沁也很忙，至于燕沁和左北牧的事情，她就不是很清楚了。

02

今天拍摄完毕，未见的戏份就算是全部杀青了，只看后面需不需要补镜头。

助理看未见那么累，还非要去参加那什么发布会，心里就忍不住生气，从未见上车开始，就闷着没有说话。

未见一点也不介意，还去了燕沁相熟的一家礼服店看了一件还算合心意的旗袍式礼服，头发和妆容都是在礼服店一套全搞定的。

看到成果，未见都忍不住想夸自己灵动可人了。

一直到了活动现场，助理才忍不住抱怨："未见姐，你怎么就是不听我的话？"

"听话的孩子，不长我这样。"未见得意地笑了笑，丝毫不理助理阴沉的脸。

助理被未见气得直跺脚，却还是乖乖跟在未见后面，虽然未见已经说了她可以下班，可一想到于归雪也在，她就不放心。

今天化妆间发生了什么她虽然没有看到，可未见身上的水，她认定不是未见不小心自己泼的，可是未见那么说，她当然不能反驳，却已经在心里暗暗埋怨于归雪。

未见向来不喜欢这样的应酬，而且顶着秦氏大小姐的名头，哪怕是临时让秦潜帮忙弄到的邀请函，却还是安排在了靠前的位置。

于归雪显然没有想到未见会来，见到她的时候，眼里掩盖不住的惊讶，紧接着便是怨愤。

"你怎么会在这里？"她看着未见，连装模作样的礼貌都省了去。

未见倒也不介意，淡淡地笑着："这地方好像没有规定我不能来吧？"

于归雪冷哼一声，转过身去，脸色难看。

未见百无聊赖地打了个哈欠，并不介意于归雪的态度。

台上的主持人已经开始说话，那些所谓的创意和发明，未见没有一点心思听下去，目光一直有意无意地留意着前面的于归雪。

等会儿作为产品代言人的于归雪，会上台简单地说几句话，然后才是宴会开始。

这样的发布会果然是最无聊的，主办方代表已经说了好半天，却一直没有停下来的意思，她正琢磨着怎么打发时间的时候，手机毫无征兆地振动了一下。

"你在哪儿？"

未见显然没有想到林栩之会来找她，还是发短信。她记得，林栩之并不喜欢这种浪费时间还不能及时知道结果的方式。

"林医生今天很闲吗？"未见迅速地回过去。

林栩之没有理会未见语气里的嘲讽，继续问："为什么还没有回来？"

"还有点事要忙，有事吗？"未见解释。

"什么事？"那边回得很快。

"当然是林医生不会相信的事情，我看见于归雪等下会被顶灯砸伤，所以过来看看。"

未见毫无保留地把自己预见到的事情告诉了林栩之，不管他相不相信。

林栩之难得没有教育她，只简单地发过来两个字："地址！"

未见想也没想地将地点发了过去，这还是林栩之第一次没有反驳她，让她有些意外。

她刚放下手机，就看见于归雪已经起身朝台上走去。

趁大家的注意力都放在于归雪的身上时，未见半压着身子小心翼翼地离开，没有判断错误的话，差不多就是这个时候。

果然是影后，哪怕所有人都以为她应该因分手事件而难受、憔悴之际，站在台上的她，完全看不出受了半点分手之伤。

她今天穿着一袭齐胸长款礼服，脚下是一双十五厘米的高跟鞋，配上她还算高挑的身高，更显她历来的女王形象，首饰是主办方的赞助，就是这次发布的新品。

这样光彩夺目的她轻而易举地吸引了所有人的目光，包括一旁的工作人员，也就根本没有注意到于归雪头顶上那盏摇摇欲坠的灯。

助理忽然发现未见不知道什么时候离开了座位，下意识地紧张起来，她能够看出来，未见姐今天过来，绝对不那么简单。

就在助理四下寻找未见的时候，一群人中，不知道是谁率先发出了一声惊呼，紧接着就看见一个人影飞快地从旁边冲过来，推开了于归雪，而头上的那盏灯，在挣脱了束缚之后，直直地砸向地面，并没有半点停顿。

不过一瞬间，助理就看出了那个人影是未见，距离太远，根本没有办法阻止，只能眼睁睁地看着她被那盏巨大的顶灯砸中。

助理吓得赶紧跑过去，而在同时，另一个方向已经跑来一个人，率先一步将未见抱起，疾步往外面跑去。

"林栩之，你怎么来了？"

因为预先知道，未见已经在推开于归雪的同时尽量避开了那盏顶灯，可还是不幸被砸中，身上被灯的碎片划了不少口子，背上一条深不见底的口子一直冒着血，止不住似的。

林栩之没有回答，脸色阴沉，手上湿润的触感让他没有办法思考其他。

紧随其后的助理，试图上前帮忙。

"林医生，让我来照顾未见姐吧。"

时间紧迫，林栩之来不及犹豫，直接将未见放在车后座半靠在助理身上，开车前往医院。

不知道伤了哪里，助理只能小心翼翼地抱着未见，等着林栩之将车开到医院。

林栩之从来没有一刻像现在这样心慌过，手上那些来自未见的血渍清晰可见。她伤得严重吗？到底有多严重？这些问题，他不敢往深处去想，只能尽快地将车开到医院，片刻都不耽搁。

未见伤得并不轻，好在送医院及时，没有生命危险。

她身上有很多大大小小的伤口，好在都不是很严重，只是背上那条深不见底的口子，需要及时缝合，有可能留疤，除此之外，还有点脑震荡的症状。

也不知道到底睡了多久，未见醒来时只觉得头疼得要命，稍微看了一眼四周，知道了自己在哪儿。

这段时间，她进医院的次数太频繁了。

她尝试着坐起来，现在趴在床上的睡姿并不舒服，可一动就牵连了背上的伤口，让她忍不住闷哼一声。

林栩之睡得不深，一有动静就醒了过来，甚至等不及和未见说话，就赶紧叫来了医生。

等医生检查完之后，林栩之才稍稍放下心来，问未见："你要不要喝点水？"

"你觉得我现在这样能喝水吗？"未见没好气地顶撞，仍试图将自己撑起来。

林栩之看到，小心翼翼地将她扶起来一点。

"林栩之，你相信我了？"未见在喝了点水，稍微有点力气后，才问。

"没有！"林栩之果断地否决。

"那你为什么会去会场，甚至第一时间将我带到医院？"

虽然被顶灯砸到，头有些晕乎乎的，后来又因为失血过多意识渐渐涣散，但她还是知道抱着她往医院赶的人是他，尤其是在看到他睡在她的病床边之后。

"那是因为——"林栩之有那么一瞬间停顿，然后还是一脸平静地说下去，"因为我们是男女朋友关系。"

"你说谎。"

"我没有说谎，我不是相信你胡说八道的那些，可是我好像爱上你了，没办法看见你受伤，更不允许任何伤害你的可能存在。"

林栩之说得很认真，笃定的眼神一直直视着未见，毫不闪躲，那么坚定而炽烈，却又让人觉得温暖且幸福。

未见愣在那里，没办法一下消化林栩之突如其来的话，那些坚定撩人心弦的话，怎么可能从他的嘴里说出来。

他们认识这么多年，他除了是她的心理医生，还像是一个朋友，她为数不多的圈外朋友，可以不管不顾什么都能说的朋友，这也是为什么和他传出那些绯闻的时候，她从来没有慌张过，因为她根本就没有把那当一回事。

可是现在，好像变得有些不一样了。

"林栩之，你刚刚说了什么？"未见不确定地问了一遍。

虽然前面那么坚定地说出那些，可当未见再次问的时候，心里还是免不了有些紧张，他没有和任何女生交往过，告白更是第一次。

林栩之尽量让自己保持冷静，挑重点重复了一遍刚才的话："我不相信你说的那些，但是我爱上你了。"

未见瞬间脸红，顾不上身上的伤得意地笑了一声，却扯到伤口疼得倒吸了一口凉气，还是坚持着取笑他："林医生，哪有你这样告白的啊？"

林栩之在未见吃痛的时候，已经眼疾手快地扶着她继续趴好，脸却因为害羞而故作阴沉："就算是再高兴也要看看自己现在的情况。"

"不一样的，因为林医生告白了。"

"所以呢？"林栩之问。

"所以——"未见故意装傻，"所以什么啊？"

"你就没有什么要说的？"

未见一下不知道怎么回答，干脆闭上眼睛，埋在枕头里闷闷地说："林医生，我好累，还想睡一会儿。"

虽然看上去冷静到什么变化都没有，但其实未见还是很害羞的，如果还让她继续面对林栩之，她会不好意思，好在趴在床上，能够很好地挡住她有些泛红的脸，只是趴着趴着就睡了过去。

再次醒来，已经是晚上。

床边的人换成了崔女士，出了那么大的事情，外面的新闻恐怕又满天飞了。

崔女士显然有些生气，连看着她的眼神都是恶狠狠的："怎么样？"

未见勉强地笑了笑："放心，还活着。"

"好意思说，我怎么不知道我女儿还这么矫健，那种'救美'的时候，跑得比任何人都快。"

未见不好意思地抿了抿唇："那个……对不起！"

到底还是心疼女儿，在女儿认错之后，崔女士没再多说什么，只是小心翼翼地将未见扶起来，将早就熬好的营养汤喂给她喝。

燕沁听到未见受伤的消息时，正在拍戏，但二话没说直接换下衣服，就赶来了医院。

瞧着未见现在这副模样，她又好气又好笑，嘴上却还好似不饶人地教训着："秦未见，你现在是不是能耐了，于归雪是死是活关你屁事啊！"

"你就当是为投资方，不想因为演员而耽误拍摄进程吧。"不过一天时间，未见已经能够舒服地趴着说话了。

燕沁冷哼一声，要不是看在未见有伤在身，她真想动手教训她一顿："你什么时候这么关心秦氏的事了？我看你应该让崔阿姨给你在医院办个会员，这都是今年的第几次了？"

"那有一次也是因为你。"

"我？"

"左北牧那次算在你这里啊。"未见说得理直气壮。

燕沁不服气："左北牧的算在我这里干什么？"

"这个嘛……"未见故意拖长语气，像是在思考，却又意味深长，"不知道啊。"

燕沁觉得自己被未见戏弄了，生气地板着脸，不乐意地说："你在乱说什么！"

说起左北牧，燕沁也觉得奇怪。这些天不知道怎么了，他总是时不时来工作室转一转，要么是请员工吃饭，要么是过来看看工作室的运营情况，有时候她和合作商吃饭，他也总能莫名其妙地出现，还真是让人有点烦。

在医院养了几天，伤口恢复得很好，头因为脑震荡稍微动一下就会有些疼，背上的伤明天就可以拆线。

拆线的时候，崔女士正好有两个重要的会议要开，不过助理每天都会过来照顾她，燕沁也来了。

燕沁带着未见进去拆线，出来就听见病房门口有争吵声，仔细一听，居然是小助理的声音。

"我们这里不欢迎你，未见姐因为你才会变成现在这个样子，我还没去找你麻烦，你居然还敢自己找上门来。"

"我不想和你说这些，秦未见在哪里？"

明明应该是来道谢的，却还是那副高傲的脸孔，于归雪趾高气扬的样子，让未见不由得有些好笑。

"我们过去吧！"未见示意燕沁扶她过去，既然人家已经来了，总归是有必要去见一面的。

"你真的放心让我过去？"燕沁好心地提醒。

未见轻笑一声，毫不介意："我不介意看出戏。"

背上的伤口已经愈合，虽然牵扯的时候，还是会有那么一点点疼，可相比较之前在床上趴的那段时间，已经好很多了。

　　燕沁没好气地瞪了一眼未见，她确实不喜欢于归雪，先不说于归雪对谁都趾高气扬的样子，但主要还是因为未见，作为未见的好闺密，她没有道理不讨厌于归雪。

　　不过今天她不打算计较这些，先不说小助理已经给了于归雪一个下马威，她也不打算给未见惹麻烦，要是真的惹火了于归雪的那群粉丝，对未见没有好处。

　　既然未见重新进入电视剧市场，很多方面都是需要考虑的。

　　"于归雪，我家助理最不会的就是看脸色行事，你就是脸色甩得再难看，她也不会当回事的。"说完，未见过去让助理去给于归雪倒杯水。

　　助理有些委屈地埋着头站在一旁，嘴上忍不住埋怨道："未见姐……"

　　未见没有理会，问于归雪："有什么事情吗？"然后让燕沁扶着她进病房。

　　"那个……"于归雪难得有些支吾，看了看旁边的燕沁，犹豫着应该怎么开口。

　　燕沁再傻也看了出来，将未见扶到床上，尽量不碰到伤口，才对未见说："我出去一会儿。"

燕沁走后，未见并不着急，等着于归雪开口。这几天，她躺在床上的时候，也听助理提过，因为她的及时出手，于归雪除了受了点惊吓，其他什么问题都没有。

"听说你伤得不轻。"在纠结了半天之后，于归雪终于开口。

"没有死成，让你失望了。"

于归雪难得没有直接顶回去，而是继续着自己的话题："听你助理说，你背上那道伤口可能会留疤。"

"医生目前是这么和我说的。"未见并不觉得这有什么好隐瞒的。

于归雪犹豫了一下，有些不好意思地说："我认识一个靠得住的整形医生，如果有需要，我可以帮你联系。"

"谢谢，但是我并不打算这么做。"未见拒绝了，那道伤口在她看来不是什么大问题。

"你不是已经打算重新回来吗？"

未见无所谓地耸了耸肩："对啊，可这关系大吗？"

于归雪忽然轻笑一声："你知道我最不喜欢你什么吗，就这副云淡风轻，好像什么都能看开的样子。"

未见没有反驳，而是等着她接下来会说什么，这样的话，于归雪不止一次这么说过，她并不介意多听一遍。

　　"我承认，我是嫉妒你的，你不仅不费吹灰之力就能比别人获得更多，还能轻而易举地就得到辛钏的喜欢。"于归雪有些愤怒，很快又平复了情绪，"但这次我来不是为了说这些。"她顿了一下，终于吐出三个字，"谢谢你！"

　　"不用谢我，其实我还真有那么一点后悔，要知道，每天趴着很难受的。"

　　于归雪被逗笑了，在离开的时候，很认真地说："但别以为这样我就会放弃辛钏。"

　　未见忍不住提醒："你好像忘记了，我现在有男朋友。"

　　未见忽然想起来，她这几天好像都没有见到林栩之，自从那天他说了那些话之后。

　　这样想着，她心里居然有那么一点点失落，他这样，是在给她时间考虑吗？还是在为当时的冲动而后悔？

　　这样左思右想的滋味还真是让人难受啊！

远　　辰　　落　　身　　旁

第八章

太阳风

"你从什么时候开始喜欢我的？"
"不知道。"
"这或许不是让人很满意的答案，但是我做不到欺骗你。"

01

未见出院的那天，天气正好，灼热的太阳被厚厚的云层给挡了去，不失为个好天气。

燕沁有个不能推辞的活动所以不能过来，不过崔女士推掉了会议，亲自过来接她回家。

背上的伤口已经结痂，从昨天开始，就有些痒痒的，总是让她忍不住想用手去抓，好在被助理注意到，然后不知道从哪里弄来了芦荟胶，时不时地往她后背涂一点，冰冰凉凉的，有点作用。

回到家，助理得了崔女士的指令，死活也不肯离开。未见不得法，也只能由着她，却忽然想到很久没有开机的阿末。

"你以为不开机，就可以逃避所有的问题吗？"

这不，刚开机，那小小的人儿就开始不满地抱怨，就连那块小小的电子显示屏上的表情都相应地变成了愤怒的样子。

未见无奈地叹了口气，手指戳了戳它的脑袋："阿末，你变坏了，居然连问候语都不用。"

"那说明，你已经让我很生气了。"阿末一本正经地说。

"是吗，那我这里可能有一件让你稍微高兴一下的事。"未见得意地挑了下眉，"林栩之跟我告白了。"

阿末脸上的表情并没有什么变化："这没有什么好奇怪的，主人本来就喜欢你。"

"可是我在犹豫，要不要接受他。"

"为什么？"

未见想了想，慎重地问："从你获得的信息里，喜欢一个人，不，应该说，爱一个人，究竟应该是什么样子的？"

"爱，就是对人或事有深挚的感情……你会无时无刻不挂念着那个人，见不到会思念，见到了就开心。那个人难过，你会跟着一起难过；那个人疼，你会比那个人更疼，而且自私地只想那个人属于自己。"阿末解释得很透彻，随即总结，"就像主人对你。"

未见对于这个永远认不清主人，还学别人护主的小家伙表示不屑："身在曹营心在汉，说的就是你。"

"那也不能否认主人对你的爱。"

未见冷哼一声："你倒是会帮林栩之说话，我真怀疑，你是他送过来的奸细。"

"你很迟钝。"

"阿末！"未见生气地瞪大眼睛。

阿末并没有收回接下去的话："就像你也一直没有发现主人对你来说很重要。"

"阿末，你真是越来越不可爱了，再这样，我有必要考虑让你石沉大海。"

说完，她头也不回地离开了房间，在门口，正巧碰到过来叫她的助理。

难得看见未见这么匆忙的样子，助理有些摸不着头脑地看着她的背影，忍不住问："未见姐，这是要去哪儿？"

"去找主人表明心意。"

未见一脸严肃地站在林栩之的门口，敲门的力度足以表示她现在的急切。

"进来吧。"开门后，林栩之省去了所有的问题，直接侧身站在一边，给未见拿了双拖鞋。

未见从来没有像这一刻那么认真过，她说："林栩之，我只问你几个问题。"

"嗯，问吧。"林栩之随手给她倒了杯水。

"你从什么时候开始喜欢我的？"虽然觉得这样的话放在平时问出来，未见一定会脸红，不过今天她铁了心豁出去了。

她承认，听了他的那些话之后，要说心里没有一点点波澜那是不可能的，只是，应该怎么做，她一直不确定。

这样的感觉，让她莫名地有些烦闷。

辛钊对她不是没有影响的，而是影响深远，以至于到现在，她都不知道怎么迈进下一段感情。那些她曾经深信不疑的、予以厚望的，都深深地背叛过她，这让她开始收紧自身的防御。

"不知道。"林栩之认真地回答，"这或许不是让人很满意的答案，但是我做不到欺骗你。"

未见表示赞同："可你知道，我的职业、我的过往，或许都不会让你的家人满意。"

"秦未见，是我想和你在一起。"林栩之强调。

"那好，最后一个问题。"未见深吸了一口气，"你为什么喜欢我，在你眼里的我，应该是很糟糕的。"

林栩之忽然被她逗笑了，可看着未见的眼神却更加坚定："秦未见，很高兴你意识到了你的差劲，脾气差、不注意形象，这些就算了，连警惕心也让人着急，大半夜跑到男人家里来不说，甚至还不顾及任何人一直将自己置身于危险中。

"可是，我爱你，不是因为你长得好看，有多优秀，而是因为，你脆弱、敏感、孤独，我想不会有人比我更了解你，也不会有人像我那般洞察你的心思，那么有些事，只能让我来。"

未见听着这些话，心脏没来由地突突直跳，一时间竟然找不到自己的声音。林栩之说话还真是一点都不顾及她的面子，可他说的，又让她心底泛起层层涟漪，甚至有些感动。

当年和辛钊的关系，是她先主动的，而他也不过是夸过她漂亮、演技好，从来没有一个人像林栩之这样，洞察她所有的情绪，深知她需要什么，从不忍伤害她。

"林栩之，我如果这时候拒绝你的心意，是不是有些过分？"

"我可以理解。"林栩之脸色不变，并不为这个答案而意外。

未见抿了抿唇，努力地在做着某个决定，而这个过程，对林栩之来说，也是煎熬的。

这些天，他一直在等待着未见的答案。那天告白之后，他才发现自己的冲动，那些本来打算缓缓而行的感情，在她受伤的那一刻，被他脱口而出。

不知道过了多久，未见忽然凑上前来，伸手环住林栩之的脖子，一个柔软的吻印在了他的唇上。

这就是未见的答案。

虽然心里还是有些不确定，甚至有些茫然无措，可如果那个人是林栩之的话，她决定往前迈一步试试。

他是她曾经无比信赖的医生，哪怕他曾经戳穿过她深信不疑的爱情，哪怕他固执己见，至今不相信她说的预见未来，可她还是决定尝试看看。

因为他拯救过她，太多次。

林栩之愣愣地看着未见，不过一瞬，就明白过来。他满意地笑着，伸手扣住未见的头，另一只手放在她的腰上收紧，让两人靠得更近，恨不得将她融进自己身体里。

他轻柔地吻着未见，那张总是喋喋不休的嘴，在他唇间柔软。

天赋就是，明明有些事情，是第一次做，不仅学习能力惊人，甚至能迅速掌握技巧。

忽然，未见闷哼一声。因为林栩之搭在她腰上的手进一步收紧，弄疼了她的伤口。

林栩之吓得赶紧放开她，紧张地问："怎么样，没事吧？抱歉，我一下忘了你身上还有伤。"

　　这还是未见第一次在林栩之脸上看到这样的表情，担忧、紧张、懊恼、后悔，全都有。

　　她浅笑着摇了摇头："没有，只是刚刚碰到的时候有点疼。"

　　"让我看看。"林栩之忽然正色道。

　　"啊！"未见惊讶。

　　"那道伤。"

　　林栩之在看到她背上的伤疤时，脸顿时黑了下来，冷着声音说了两个字："活该。"

　　背上的伤口确实很大，当时顶灯直接贴着她的背划了下去，最后砸到地上，狰狞的伤口几乎横跨了整个后背。

　　医生建议她做淡疤手术，不管怎么说，作为演员，背上留这么大一道疤，对她以后的事业发展，总是有些影响的。

　　未见拒绝了。她真的不是很在意，她也并不觉得这有什么，只是现在她忽然有些心慌。

　　"真的很难看吗？"

　　林栩之皱着眉，面色深沉，伸手抚上那道伤口："不难看，只是，看着让人心疼。"

　　他说的是实话，未见受伤的时候，他难受得整颗心揪在了一起，哪顾得上其他。后来因为突然的告白，之后好多天他刻意没有去找未见，他从未想到，伤口竟会这般大。

"其实我的背挺好看的。"在林栩之替她拉下衣服之后，未见有些遗憾地说，"我就穿过一次露背礼服，当时可是好多人都夸我的背好看。"

"那谁叫你这么冲动？"林栩之板着脸训斥，"做事总是一头热，不会多想想。"

未见委屈地扁了扁嘴："那我一开始过去，是打算让工作人员检查现场的，可是因为剧组拍摄的关系，拖到后面我去的时候，发布会都布置完毕了，我总不能见死不救吧。"

林栩之无奈："你是不是傻啊。"

小孩伤了眼睛那次是，左北牧被绑那次也是，这次更甚。

生完了气，最后，是林栩之送未见回了家，明明不过是楼上楼下的关系，林栩之居然说出不放心她一个人下楼的话来。

助理看到两人一起下来，免不得有些意外："就说未见姐怎么去了那么久，原来是去找林医生啊。"

林栩之点了点头，见有人照顾未见，也就没有进去，只是提醒："注意休息。"

"林医生，你这样，不知道怎么才能够追到女朋友。"未见下意识地感叹，末了才发现，他的女朋友好像是她。

林栩之无奈地轻笑一声："秦小姐可能还需要慢慢适应。"

未见羞红了脸，恨不得找个地洞藏起来，却还是硬着头皮说了句再见，然后迅速关上门。

助理听得云里雾里，在搀扶未见的时候，忍不住问："未见姐和林医生和好了？"

"啊，什么叫和好了？"

"因为你住院那会儿，林医生没有来看过你一次，崔女士问我你们俩是不是吵架了，后来好像还去找林医生谈过，我就以为你们在吵架。"助理解释。

原来是这样。崔女士当时说过两句林栩之怎么一直不来看她，她那时没心思想这些，就随口敷衍了句"我们本来就不是你想的那样"，却没想到，崔女士居然还去找了林栩之。

"林栩之不去病房看我，你们怎么比我还在意？"未见难得好奇地问了句。

助理想了想，认真地回答："你们不是男女朋友吗？而且，你不知道当时你受伤，林医生有多紧张，直接飙车哎！"

林栩之为她飙车？那还真是少见，他那个人自律性很强，她坐过他的车，从来就没见他违反过任何交通规则。

"我们没有吵架，你也就别担心什么和好了。"未见随口解释了一句，转身回了房间。

"你去找主人了。"

"你猜！"

"你和主人说了什么？"

"没想到机器人也会八卦。"未见盯着她一进门就质问她的阿末，调侃道。

阿末解释："好奇，是一个让人一直保持思维活跃的有效方法。"

"你应该去看看好奇心害死猫的故事。"

未见说完，在衣柜找了件衣服准备泡个热水澡，好好休息一下。这些天一直在医院，背上的伤也不能碰水，滋味并不好受，何况一回来，就解决了林栩之的问题，她需要让自己好好放松一下。

至于那个摆在桌上的小人儿，她忽然觉得，就这么让它开着机也不错，没事和它斗两句嘴，挺有趣的。

林栩之，果然还是了解她的。

林栩之是主动过来照顾她的，她身上的伤已经好得七七八八，也不用特别照料，不过能吃林栩之做的饭，真的不错。

因为林栩之的关系，助理第二天便跟未见提了休假的事，剧组那边的宣传还没有开始，加上未见受伤休息，最近也就没什么事，正巧未见帮她申请了秦氏的经纪人培训，让她学习学习。

未见挺喜欢这个小助理的，让她待在自己这种懒散的演员身边，总觉得有些耽误人家。

助理一开始并不愿意去，虽然说她在未见身边只是一个助理，但福利并不比别的地方差，工作轻松，甚至未见还会偶尔在秦氏帮她接一点私活儿。

她家庭并不富裕，母亲身体又一直不好，家庭负担并不轻松，未见知道她经济困难，平时就多照顾了一些。

未见知道，就算是再微小的一个人，他们也有自己的尊严。

不知道是不是因为关系的突然转换，和林栩之这样单独待在一个房间的时候，未见总是觉得有些不自在，下意识地找各种话题。

"林栩之，你真的不用去医院？"未见问。

林栩之从一堆工具书里抬起头，似笑非笑地看着未见："这已经是你今天问的第三次了，医院那边我请了假，女朋友生病这种事，院领导能够理解。"

　　未见被他堵得没了话，只得埋下头心不在焉地看手上的那本书，那是她从林栩之家的书柜上拿下来的，一本小说，适合打发时间。

　　"觉得闷？"过了一会儿，林栩之漫不经心地问，声音温和如三月春风。

　　未见抬起头，愣了一下，随即点了点头。

　　确实有一点点闷，林栩之看书的时候很少会说话，何况她已经很多天没有出过门了。

　　林栩之关上自己手上的那本书，顺势抽走她手上的书，站起身来："去换衣服吧，我等下来喊你。"

　　未见有半秒钟的迟疑，看着林栩之的动作，才恍然明白，笑嘻嘻地感叹："看不出来，你还挺善解人意的嘛。"

　　临出门的林栩之，又回过头来："那你要学习吗？"

02

　　林栩之下来的时候，未见还没有收拾好，女孩子出门总是麻烦的，虽然未见已经尽量减少了步骤，却还是免不了要化个妆的。

　　"等我一会儿。"未见开了个门，又转身回了房间。

　　林栩之没有催，在沙发上坐下，等着未见出来。

天气最近已经转凉，未见穿了件长袖衬衫，袖子有点长，被未见半挽着，下身穿了一条稍显宽松的浅色乞丐裤，头发被她随意地披在身后，脸上淡淡的妆，带着一点点小女人的成熟。

"怎么样，好看吧？"未见在林栩之面前转了个圈，微微得意地问。

林栩之抬起头，无奈地轻笑一声："好看！"语气听上去像是敷衍，眼里却带着丝丝宠溺。

未见满意地笑了起来："算你识货。"

这样，未见配了一双细跟单鞋，随手垮了个包，跟着林栩之一块儿出去了。

勉强来说，这是和林栩之的第一次约会，她居然有那么一丝丝的窃喜。

林栩之将车开到天文馆的时候，未见有些疑惑："咦，今天这里在举办天文摄影展？"

"前两天宋杭远说起，想着你应该喜欢，就提前买了票。"林栩之停好车，替未见解开安全带，嘴上轻描淡写地说。

他当然不会告诉未见，他是去宋杭远那里看到了门票，想着她喜欢，硬抢过来的。

"那为什么不提前告诉我？"未见不满地抱怨，心里却像是被抹满了蜜糖似的,甜甜腻腻,"林栩之,想不到你还会玩这种幼稚的游戏。"

林栩之伸手拿了手机,直接下车,并没有回答她的问题。

未见也不介意,轻笑一声,迅速下车后,迈着轻快的步伐,几步走到林栩之身边,林栩之适时地拉过她的手,握在掌心的柔软触觉,指尖带着些些微凉。

"不过我喜欢。"未见仰着头看着林栩之,整张脸都写着高兴。

林栩之淡淡地笑了一声,用空闲的那只手揉了揉未见的头发,明明一切都是第一次做,动作却自然得好像已经在心里练习过很多遍似的。"嗯。"他回答得很平淡,似乎料到她会这么说,只是眼里那快要溢出来的喜悦,泄露了此刻的心情。

这次的天文摄影展汇集了各路名家的优秀作品,算是很值得一看的一次摄影展。

来看摄影展的人很多,其中不乏带着孩子来参观的家长,不过最打眼的还数学校组织的学生队伍,看着那一张张穿着校服青春洋溢的脸,未见恍然有种置身其中的错觉。

"林栩之,你上学的时候也和现在一样吗?"未见忽然发问。

她有些好奇,林栩之上学的时候应该是什么样子,是每天潜心学习,还是会私下调皮玩闹,但她想,性格应该和现在差不多,私下话并不多，但就算和不相识的人说话，语气也总是那么温和。

　　林栩之还真的认真地想了想，慎重地说："我那时候是班长，父母对我期望又高，除了学习，好像没空再想别的事情。"

　　果然从小就很优秀啊。

　　"那别的呢，应该有不少人喜欢你吧？"未见随口问了句，就在前面，她无意听见一个女生正在跟一男生告白。

　　林栩之半眯着眼意味深长地看着未见，最后有些不可置信地感叹："没想到你还是个醋坛子，这么多年的陈醋都要拿出来吃。"

　　未见愣了愣，明白过来之后，立即为自己辩驳："我就是好奇你上学时候是什么样子，谁要为那点破事吃醋啊。"

　　林栩之得意地笑了笑，开始阐述自己这些年的经历："幼儿园的时候，因为懂事听话，园长非要我做她女婿，后来上小学，班上一个女孩子每天送我巧克力，再后来零零碎碎收到过一些信，一直到高中结束，大学也遇到过几次，不过那时候我撒了个谎。"

　　"嗯？"

　　"我说自己喜欢男的。"

　　未见"噗"的一声笑了出来："宋杭远那时候应该很后悔认识你。"

　　"他一直不知道，还总是问我为什么没有女孩子喜欢他。"

　　都已经说到这份上了，未见干脆刨根究底："那你就没有喜欢的女生？"

　　林栩之表情很真诚："没有。"

　　未见并不相信却也没有再问下去，只是将目光从林栩之身上移走，转头去看那些摄影作品。

　　"那你呢？"林栩之忽然问。

　　未见愣了愣："我啊，你不是都知道吗？"

　　她高中时期认识的辛钊，大学时期和辛钊顺理成章地在一起，再到后来分手，最后遇到了他。

　　她在遇到辛钊之前，总是剧组、学校两边跑，根本没有时间想别的，遇到辛钊之后，眼里眉间全是他，后来分手了，难过也好，伤心也罢，也都慢慢熬了过来。

　　看上去，好像和大多数人没有什么区别。

　　"我没有问那个。"林栩之语调无奈，"你上学那会儿，又是什么样？"

　　未见恍然大悟，脸羞怯地红了些，想了想，回答："我啊，崔女士嫌麻烦，早早就送我去上学，班上同学都比我大，成绩算不上差，上课玩小动作倒是常有，老师也拿我没有办法。因为很喜欢表演，假期基本上都在剧组待着，空下来的时间，好像就没有很多了。"

　　"从小就赚钱？"

"怎么样，还不错吧，要知道你是找到了一个多么厉害的女朋友。"

林栩之被她那副得意扬扬的样子逗笑："嗯，你最厉害。"

从天文馆出来，外面渐渐沥沥地下了点小雨，两人坐在车里转了一会儿，挑了一家还不错的中餐厅。

刚到门口，就听见里面传来争吵声："左北牧，我吃饭谈工作，你刚刚那是在干什么？"

"我对那单生意没有兴趣。"

"你知道这单生意我谈了多久吗？更何况，你什么时候管过工作室的事情？"听上去，燕沁是真的生气了。

始作俑者左北牧倒是满不在乎："现在开始，我决定介入工作室的管理。"

"什么？"

"毕竟我才是工作室真正的老板，总不能任由你随便胡来吧。"

"明明你才是那个胡来的人！"

两人这样僵持着，谁也不往后退让半步。

未见看了看一旁的林栩之，微微张了张口问："我们现在进去，合适吗？"

左北牧和燕沁的情况，未见一直没有多问，毕竟燕沁向来不需要她担心什么，只是现在这样……

未见犹豫了一下，她出现得好像有些不是时候。

林栩之何等聪明，一眼就看出了其中的关系深浅，摸了摸未见的头："听你的。"

未见纠结地揉了揉头发，叹了口气，酝酿了一下表情之后，装作才进门的样子惊叹："阿沁，好巧啊，你也在这儿。"

燕沁这才转头看见站在门口的未见，脸上生气的表情在看到她的瞬间就变了，笑着说："嗯，有点事情才过来的，不过被人搅和了。"

"那干脆一起吃饭？"未见没有深问，笑着建议，顺便问站在一旁的左北牧，"左先生也一起？"

燕沁率先回答："他没空，他公司还有一堆事。"

"谁说我没空，秦小姐是我的救命恩人，她的邀请，我怎么会拒绝。"左北牧说得一本正经，顺势在燕沁旁边坐定，目光直直地看着燕沁，充满挑衅。

"你！"燕沁气急，却也无可奈何。

未见冲一旁的林栩之无奈地耸了耸肩，跟着一起入座。

一顿饭下来，燕沁还在生左北牧的气，从头到尾没有和左北牧说话，左北牧倒不介意，闲谈般地和未见聊了几句。

分开的时候，外面的天已经暗下来，雨不知道在什么时候停了，未见和林栩之道了别先走，至于燕沁、左北牧他们后来发生了什么事情，她并不好奇。

坐在车上的时候，未见开口问："看出什么了？"

吃饭的过程中，林栩之没有再说过话，不过未见知道，就凭林栩之的专业能力，哪怕只是埋着头，也能品出其中的意味来。

"你想让我说什么？"林栩之在开车，却还是抽空回答未见。

"就说说左北牧吧。"燕沁的心思她大概能够猜个七七八八来，不过左北牧这个人，她不了解，明明早前就看出了他对燕沁的心思，却到现在都没有出手，着实让人猜不透。

林栩之想了想："和你猜的差不多，是真的喜欢燕沁，不过好像很喜欢猫捉老鼠的游戏，并不着急一口吃下，这应该是他第一次追求别人。"

猫捉老鼠吗？看来燕沁不被吃下是不可能了。她想了想，没有打算管他们的事情。左北牧这个人她了解过，除了光辉的求学史，感情生活正如林栩之所说的，干净到让人吃惊。

"林栩之，你这人真可怕。"她没有夸奖林栩之，反倒若有所思起来，不过是和左北牧见了一次面，连左北牧是第一次追求别人都能看出来。

　　林栩之轻笑一声，明明温柔的声音却让未见觉得那是恐吓："嗯？你想背着我做什么？"

　　回去后，两人各回各家。

　　未见躺在床上回味着林栩之的这句话，背着他做什么，她那有些犹豫有些不确定的心思，不会被他看出来了吧。

远　辰　落　身　旁

第九章

光 年

"林栩之，你不会真生气了吧？"
"谁说不是！"

01

　　剧组拍摄接近尾声的时候，未见身上的伤也好得七七八八了，正好闲着没事，就去了剧团几次。

　　剧团正在研究明年的项目，加上《青禾寂寂》年底电视剧宣传期间，也还有几场演出。

　　剧团导演难得看到好些天没有出现的未见，便要拉着她去办公室坐坐，电视剧拍摄的三个多月里，电视剧导演一个劲地夸未见的专业能力，他也与荣有焉。

　　作为正式员工，长时间没有来剧团，未见还是觉得有些抱歉，接过导演倒给她的茶，忙问："这些天剧团没什么重要的事情吧？"

　　导演欣慰地笑着："难为你还记得剧团的事情，这些天都在讨论明年演出的事情，现在已经定了几个项目，等会儿给你看看，听听你的意见。"

　　未见这两年一直都是剧团主要演出人员，她的意见总是有些分量的，她大方地点了点头："等会儿给我一份让我带回家，大致看完之后，我再说说意见吧。"

　　导演赶紧让秘书打印一份，顺便关心了一下未见的情况："听说你又受伤了？"

　　碍于主办方的原因，未见受伤的事情，并没有公开，想必导演也是最近私下听人说起过的。

　　未见尴尬地笑了笑："又这个字就有些过分了啊，也就是今年去医院报到的次数稍微多了点。"

　　"是多了一点，上新闻的次数也多了点。"导演忍不住取笑着。

　　"导演。"未见假意板着脸，"那种事情就不要拿出来说了吧。"

　　导演并不介意，正巧这时候秘书已经回来，接过那厚厚的一沓资料移到未见面前："这不是我们剧团有段时间没有喜事，有些嘴馋了嘛，哈哈！"

　　未见被说得脸一红，拿过那沓资料："没什么事情的话，导演您先忙着，我先走了。"说完逃也似的离开。

　　上次和林栩之参观天文摄影展的时候，不知道怎么就被拍到了，网上已经有不少网友开始讨论他们什么时候结婚。这些都是助理和她说的，就算现在已经能够正常地面对镜头，却还是没有办法接触网上的那些新闻。

除了这个，助理还通知了她过些天还需要回一次剧组，虽然是现场收音，但有好几条里面有杂音，需要重新配音。

这本来也是正常的事，未见自然不会拒绝，只是让助理在时间定下来之后再提醒她一次，顺便问她学习得怎么样了。

小助理没有接触过经纪人的东西，一开始进秦氏也是做崔女士的助理，未见免不了上心了点，在听到小助理说什么都好之后，她也就放心下来。

带着那一大堆的资料回到家，正巧在楼下碰到林栩之，就干脆让林栩之给带了上去。

林栩之瞧着这一大堆东西，问："新剧？"

"没有。"未见摇头，"剧团明年的演出，在选定新的项目。"

未见的工作，林栩之很少过问，当然别的方面林栩之也很少会去问，两人在一起，好像真的就是两个人在一起，其他的，他们彼此都默契着从不多问。

当他将东西送到家，未见忽然想起什么："你这时候回来干什么？"

　　"我妈过来给我收拾屋子，中午准备和她一起吃饭。"林栩之回答，顺便问，"要一起吗？"

　　一起？未见吓得连连摇头："不要不要，我刚刚吃完，何况，我过去好像有点……"

　　林栩之轻笑一声，伸手摸了摸她的头："难道不是早晚会见的吗？"

　　"那不一样。"未见摇了摇头。他们这在一起才多久啊，林栩之见崔女士完全就是意外，而她和林栩之的母亲见面，总觉得早了点。

　　林栩之知道她想什么，也不强求，将那一大堆资料放在茶几上，便离开。

　　接下来的一段时间，未见基本上就待在家里，专心看从剧团拿过来的资料，再出去的时候，才发现外面温度又降了几个度。

　　未见在衬衫外面套了一件薄针织衫，刚刚好。于归雪打电话约她出去坐坐，正好等会儿还要去录音棚配音，她就答应了。

　　未见和于归雪是大学同学，不过也不知道是怎么回事，于归雪好像一直都不喜欢她，当时她年纪小，也没有细想其中的缘由，于归雪不喜欢她，她也就不刻意理会于归雪，渐渐地，两人误会越来越深，那件事之后，两人就没有再联系过，直到这次拍摄之前。

　　地点是于归雪定的，一家甜品店。未见并不是很喜欢吃甜的，不过今天她还是点了两块蛋糕，加了一杯黑咖啡，下午还要去录音棚，她担心不吃点东西，状态不好。

于归雪看着她肆无忌惮地吃东西，略带羡慕地说："每次看你这样吃东西，就会忍不住嫉妒。"

"嗯？"

"班上所有人都在被老师逼着保持身材的时候，只有你，每天被老师要求多吃点，就因为在长身体。"于归雪将话说完。

未见轻笑一声，极不情愿地说："那是崔女士特意吩咐的，要知道，每天吃那所谓的营养餐，其实也很痛苦的。"

"总比我们每天吃不饱强吧。"

未见想了想，好像也是。当时她正好是十五六岁的年纪，崔女士看燕沁那么高，一直觉得她太矮了，开学的时候，特意找到形体老师，让形体老师盯着她多吃一点，一直到大学毕业，她是唯一一个因为吃太少而被训的。

"可是，当时我也很羡慕你们一个个小脸上镜，不像我，那段时间，好几个导演都问我最近是不是接了什么特殊角色。"未见委屈巴巴地说。

于归雪笑了笑，将剩下的那块蛋糕递到未见面前："我记得你当时也不胖啊。"

未见接过，空出手掐了掐自己的脸："可是脸圆啊。"

还从来没有和于归雪这样坐在一起聊这些有的没的，其实去掉人设的于归雪，勉强还算是一个亲和的人，笑起来的时候，也很可爱。

于归雪等会儿还有别的活动，临走时，她还是郑重地问了一遍："你真的不打算去做个手术？"

她说的是未见背上的疤，未见毫不犹豫地摇头，无所谓地笑了笑："不了，反正在背上，也没有多大影响，正好让你一直记住我的恩情。"

于归雪也不强求："那可未必，我这人记性向来不怎么好。"

"确实不怎么好，你好像还真忘了什么。"未见意味深长地评价，然后转身朝自己停车的方向走去，她想于归雪应该能够收到她的提醒。

在录音棚碰见辛钊并不是什么奇怪的事，辛钊连拍电影都是自己配音，电视剧自然也不会例外。

他和于归雪分手，又在她面前说了那些话，再单独相处的时候，未见总觉得有些尴尬，下意识地想要避开，好在和他的对白并不多，不用整个下午都待在一起。

未见结束配音的时候，已经是晚上九点，一出录音棚就看见站在门口的辛钊，未见诧异，辛钊今天的配音在下午五点就已经结束，按理说早就已经离开。

"一起吃顿饭？"漫长的对峙之后，还是辛钊先开了口。

未见犹豫，上一次和辛钊单独吃饭，好像已经是很久之前的事情，突然再被他提起，让她有些晃神。

"难道连吃一顿饭都不可以了吗？"

在辛钊略微自嘲的神态里，未见最终败下阵来，点头答应。

地点是辛钊选的。

说实话，未见确实有些饿了，中午没吃饭，只吃了两块蛋糕，一直工作到现在，虽然中途剧组送了奶茶，但也没什么作用。

一路上未见都保持着沉默，转头看向窗外，尽量避免尴尬。实际上，她也不知道应该和辛钊说什么。

"和我待在一起真的这么难受吗？"辛钊忽然发问。

"啊？"未见一愣，连忙转头回来解释，"学长你误会了，我只是有些累了，吹吹风精神精神。"

累倒是真的，说了一下午的话，嗓子已经有些微微疼。

辛钊没有理会。看来她是真的变了，以前的她在他面前，何时这么局促过，大大咧咧笑着的样子，至今都还映在他脑海中。

他是真的爱她的，只是当时正好在他事业的发展期，新闻出来，本来就已经失去了很多粉丝，要不是电视剧的原因让一群人适应了他和于归雪的设定，可能情况会更严重。

当时无论怎么样，经纪人也不允许他说出和未见在一起的事实，事后他想过去解释，可是没有见到未见，再后来，他去找她，崔女士直接将他拦在了门外。

"到了！"车子稳稳地停下之后，他看了看已经不知道什么时候睡着的未见，提醒了一句。

未见懒洋洋地睁开眼，看了看四周，稍微清醒了一会儿，才有些愧疚地说："抱歉，很久没有工作到这么晚，有些熬不住。"

"那还要去吃东西吗？"辛钊问。

如果这时候未见拒绝，他一定二话不说把她送回家，只是未见并没有那么做："正好饿了。"

辛钊微微凝眸，随即恢复如常，跟着未见的动作，迅速下了车。

这个点，未见不打算吃什么辛辣的东西，不过饿倒是真的，去了一家浙菜馆，点了一大堆吃的，算是丰盛的一顿。

看着未见和以前一样，吃什么从来不会顾忌身材的样子，好像一下又回到了大学时期。

那时候，未见总是喜欢赖着他，掐着点去食堂堵他，和他挤在一起吃饭，每天总是学长前学长后叫着，不知道多可爱。

　　注意到辛钊的失神，未见难得疑惑地多问了句："学长是不是很累了？"

　　意思很明显，要是很累了，就早点吃完，各回各家，各找各妈。

　　辛钊收回思绪，看着未见，半是惆怅地说："没有，只是忽然想到了一些往事。"

　　未见识趣地没有问下去。就算辛钊什么都不说，今天的意思也很明显，早在配音结束的时候，他大可以直接离开，特意等她将近四个小时，就为了和她吃一顿饭，一点也不像他的作风。

　　"你好像还是那么喜欢表演。"过了半晌，辛钊没来由地感叹了一句。

　　"嗯，它很有魔力不是吗？"正好这时未见也吃完了，她抬起头，直视着辛钊，表情认真。

　　"或许吧。"辛钊的回答有些心不在焉。

　　未见并不打算让辛钊送她回小区，不过辛钊坚持，她也就不好说什么。

　　又是沉默了一路，在将她送到小区门口的时候，辛钊忽然开口："能抱一下吗？"

　　"啊？"未见一愣，可是辛钊已经快她一步地将她抱在了怀里，不过只是短短的一瞬，就迅速放开，嘴里还忍不住嘲讽了一句："就算有了男朋友，礼仪性的拥抱好像也不过分吧。"

未见没有反应过来，辛钊已经转身上了车，直接离开。

到家后，未见回想着这一晚上辛钊的行为，觉得有些奇怪，说着些莫名其妙的话，做着莫名其妙的事，真让人捉摸不透。

02

第二天，未见是被助理的电话吵醒的，昨天累了一天，回到家就已经很晚了，简单收拾了一下自己就已经到了凌晨，倒在床上马上就睡了过去。

"未见姐，出大事了！"

助理一惊一乍的样子未见见多了，倒也不着急教育她，蒙在被子里，迷迷糊糊地问："又怎么了？"

"你和辛钊一起上热搜了！"

"电视剧宣传吧。"未见人还是蒙的，听到她和辛钊的名字，下意识就想到了电视剧的事情。

助理显然比她着急："不是的，是说你劈腿和辛钊在一起了，甚至连你们大学在一起的事情都被扒出来了。"

"你说什么？！"未见被吓得瞬间没有了睡意，猛地从床上弹坐起来。

"我一大早看新闻就看到这件事，也吓了一跳，你怎么又和辛钊扯在一起了，林医生知道了怎么办？"

助理这是在埋怨她。

未见无奈，她也没想到会发生这样的事情，看来很久没有参与电视剧拍摄，很多事情还真的忽略了。

她应该想到的，她和辛钊刚拍摄完电视剧，紧接着就是宣传，记者恐怕也在紧盯着他们不放。

真是让人烦心。

随便交代了助理几句，让她直接将事情交给秦氏处理，至于其他的，应该也不会太严重。

挂断助理的电话后，紧接着，她便收到了接二连三的问候电话，几乎全在问她到底怎么回事。

处理完这些事情，未见已经完全没有了睡意，打算去给自己弄点吃的，正巧这时候有人敲门。

"你怎么下来了？"见是林栩之，未见往旁边站了站，给他让了路。

林栩之扫了一眼屋子，看着未见，语气并不是很好："你昨天怎么和辛钊在一起？"

原来是兴师问罪。

未见心虚地摸了摸鼻子，在林栩之进去的同时，赶紧关上门追过去，讨好似的解释："昨天去剧组那边配音，结束的时候，正好遇见，就吃了顿饭。"

"只是这样？"林栩之半眯着眼睛，审问似的。

"不然还能有什么啊。"本来解释了半天就已经很烦了，这种时候，林栩之居然还抓着不放，她不免有些生气，"林栩之，你在怀疑什么？"

"那抱在一起是为了什么？"林栩之并不在乎她生气，自顾自地继续说。

抱在一起？她还没有看新闻，除了助理说的那些，她并不知道里面到底写了些什么，这下反倒被林栩之问住了。

"新闻到底写了什么？"未见愤怒地反问。

因为当年的一些事情，未见从来不用手机看新闻，有时候就算是弹出新闻来也都是直接划掉，其实她还是有些抗拒的。

林栩之这才意识到未见没有看新闻，耐着性子解释了一遍："从吃饭，到后面抱在一起全都有照片，时间、地点说得清清楚楚，秦未见，你知道自己在做什么吗？"

"我——"未见郁闷地揉了揉头发，颓废地往沙发上一靠，随即起身半蹲在林栩之面前，"你一定要相信我，我真的没有想到会发生这种事。"

"嗯？"

"我真的已经不喜欢辛钊了，也绝对没有做对不起你的事情，我发誓。"未见竖起手指，"不信你可以看着我的眼睛，看看我现在到底有多么后悔。"

就算是这样，林栩之的表情依旧严肃，看未见的目光冷飕飕的，半晌，才开口："嗯，那你自己处理好这些。"

林栩之头也不回离开的身影让未见有些委屈，她忍不住冲着他大喊："林栩之，你不会真生气了吧？"

"谁说不是！"林栩之连头也没有回，只是留下这句话，关上门，扬长而去。

未见坐在沙发上咬牙切齿，还真是小气，这么点事情，她都跟他解释清楚了，居然还生气。

助理告诉未见，辛钊那边已经澄清了两人只是朋友关系，可照片摆在那儿，谁又会相信。

未见有些心烦，直接开车去了燕沁那里，她担心再待在这个屋子，等下可能会冲上去找林栩之。就他刚才离开的样子，未见确定自己不能就这么上去。

　　燕沁显然已经听说了那件事，她过去的时候，一点也不意外，直接问："要出去喝酒吗？"

　　未见摇了摇头："现在烦躁得连酒都喝不下了。"

　　"怎么回事？"

　　未见拿过燕沁放在桌上的水，一口猛地喝下。

　　"我好像被辛钊算计了。"她说，"辛钊明明比我提前四个小时结束录音，却硬生生地在外面等到我结束，然后提议去吃一顿饭，后来我说自己打车回来，他非要将我送到小区楼下，最后那个拥抱也是让我猝不及防，现在想想，他那一晚上都怪怪的。"

　　"问过辛钊了吗？"燕沁问。

　　未见摇头："早上打过电话来，简单道了个歉，我当时正烦着，就没有想到这些。"

　　燕沁戳了戳未见的额头："你呀！"却又认真地分析，"不过，也许辛钊是真的还喜欢你，毕竟他和于归雪这几年好像也没有什么联系。"

　　"不要再说这个了，林栩之因为这个大早上特意下来给我甩脸色，正烦着。"

　　"你们是认真的？"

"你上次不是都看到了吗？"

"所以是真的。"这个消息比她和辛钊的事情更让燕沁震惊，随即忍不住感叹，"难怪会来找我，原来是惹林医生生气了。"

未见生气地剜了一眼燕沁，长叹了口气："等会儿还要去找一趟秦氏。"

"打算亲自处理？"

"不然呢，顺便去我妈那里领一顿骂。"

事情基本解决好已经是三天后，这还是未见第一次亲自处理这些事情，她没有个人信息平台，此前的一系列新闻都是秦氏直接公关。

在澄清视频中，未见强调自己和男友的感情很好，至于和辛钊的那段过往也解释得很清楚，那是大学时期的事情，分手后就再也没有联系过，这次再联系，完全是因为电视剧的拍摄。

这样一来，大家不得不猜测，现任男友对未见的重要，居然让从来不露面的未见亲自解释。

后续事情都解释清楚之后，辛钊又打来了电话。

"未见，抱歉。"

"学长道歉的态度也太诚恳了点，不是早就道过歉了吗？"

"那能见个面吗？"辛钊建议。

"见面就免了吧，我们现在还是避开些比较好。"未见轻笑一声，似是强调地反问，"你说对吗，学长？"

"未见……"

"学长！"未见冷不丁地打断，"这次的事情，我全然就当是记者捕风捉影，但是绝对不会再有下次的。"

"你……你都知道了？"辛钊说话的声音有一丝停顿，明显有些慌张。

"猜到了一点，不过学长，这一点也不好玩。"说着，未见礼貌地道了别，立即挂了电话。

她从来没有想过要和辛钊闹成这样，可是事情的发展好像并不遂她愿，既然这样，那不如尽量避开，先不说她和辛钊不会再有可能，对林栩之，她是认真的。

未见心烦的时候，除了喝酒，就是看书，而且基本上什么书都不挑，这不，她开了一瓶啤酒，躺在沙发上看着剧团的资料，还剩下最后一点，看完就可以把意见给导演了。

自从那次林栩之生气直接离开后，未见硬是憋着那股气没有去找他，像是故意冷战。明明发生这样的事情，又不是她的原因，他却非要生气。

实际上，林栩之也不是真的生未见的气，而是恼怒她被辛钊算计，看到新闻，他就是相信她的，后来她的表现，也让他猜出了大概，至于摔门而去，是想看看她打算怎么做。

和导演商讨意见的时候，未见又被嘲笑了一番。后面几天也没有什么工作，未见就一直待在家里，好几次差点就上去找林栩之了，可到了电梯门口，又转身回来了。

秦潜打电话过来的时候，她正在看电视剧，最近新出的一个谍战片，演员、剧情都很好，她难得沉下心思去追剧。

"又出什么事情了？"未见躺在沙发上，对于秦潜打扰她看电视这件事，并不开心。

秦潜回答得很简洁："喝酒，去不去？"

未见闻出了不寻常的味道，立即来了兴致，连坐姿都端正起来："哟，您老什么时候想起喊我一块儿出去喝酒了，平时酒桌上没喝够？"

"你就说去不去！"秦潜看来真的是心情不好。

"去啊，当然要去。"说着，未见已经开始起身准备收拾自己。

秦潜很少会叫她去喝酒，先不说大伯他们不许，他身边的朋友不少，真想喝酒，也不会叫她。

她到地点的时候，秦潜早已等在那儿了，看样子已经喝了不少。

平时未见喝酒也都是来这儿，与老板早已相熟。

"这是怎么了？"看秦潜这个状况，未见多少有些好奇。她在旁边坐下，接过老板递来的杯子，推到秦潜面前，示意他给自己倒酒。

秦潜客气地给未见倒了满满一杯："为什么不告诉我阿沁和左北牧在一起了？"

"什么？"未见惊讶，"我怎么不知道？"

"你会不知道，左北牧帮阿沁开了工作室，这还不够明显吗？"说着，秦潜仰头直接一杯酒下肚，"还说是我妹妹，居然帮着外人瞒着我。"

"我可没有帮着谁啊，阿沁工作室的事情是左北牧主动提的，当初阿沁刚说要开工作室的时候，我就提醒过你，是你自己没有把握住，近水楼台的明月让别人捞了去，还怪我。"未见义正词严地替自己辩解。

秦潜喜欢燕沁，应该也已经是早八百年前的事情，大概是在刚进初中那会儿，秦潜受了家里的命令，每天放学和未见一道回去，自然而然地也就认识了燕沁。

燕沁当时也是有点喜欢秦潜的，只是一直以来，秦潜从来就没有明确地表示过，看得未见这个中间人不知道多着急，渐渐地，燕沁灰了心，干脆就再也没有提过那些事情。

"现在说有什么用，我看到阿沁最近常和左北牧在一起，和她说话动不动就冒出一句左北牧，听着心里就难受。"

"难受就去追啊，据我所知，阿沁还没有和左北牧在一起。"

秦潜自嘲地轻笑一声："还是算了吧，不想为难阿沁。"

瞧着他喝酒像喝水一样，一杯杯地灌着烈酒下肚，未见也有些心疼，却又不知道怎么安慰。

恐怕连燕沁自己都没有察觉自己已经喜欢上了左北牧，至于这白痴哥哥，未见叹了口气，喜欢人家这么多年，硬是没有开口，弄得燕沁对他的那点喜欢都消耗了，真是活该。

"阿沁呢，或许还真不是你碗里的菜。"未见拍了拍秦潜的肩膀，安慰道，"来！我们还是喝酒吧，喝完睡一觉，明天太阳照样升起。"

秦潜轻笑一声，摆了摆手，猛灌了口酒，才慢悠悠地开口："你和辛钊又是怎么回事？"

秦潜前段时间在出差，对那件事情并不太了解，不过也能看出点眉目，忍不住多问了几句。当年他本来都已经叫好人要去揍辛钊一顿的，要不是未见拦着，辛钊怎么可能活得这么自在。

"你妹妹蠢，被算计了。"说起这事，未见还是一肚子火。

"还真是蠢，当年要不是你拦着，辛钊怎么会有今天的成就。"

未见把剩下的一点酒喝完，将杯子递到秦潜面前："我不拦着，难道真的让你和我妈去抓着人家不放，弄得满城皆知？"林栩之说得没错，她并不想让大家知道那件丢脸的事情。

"现在不也是满城皆知？"

"别说了，我现在不正在后悔吗，林栩之也是，气死我了。"

两人就这样你一句我一句，有一搭没一搭地聊着，不知不觉，也不知道是喝了多少，未见只觉得头晕乎乎的。

秦潜问她等下怎么回去。他倒是无所谓，可以直接叫秘书过来接他，可未见，没有记错的话，她的助理这两天刚好在外地。

未见在他不注意的时候，一个人兀自喝了好些酒，现在趴在桌上，费劲地伸着手继续拿酒，根本就没有听见他在说什么。

秦潜叹了口气，无奈地拿出手机，给秘书打了个电话，看来是要绕一圈将她送回家了。

秘书来的时候，未见还在喝酒，秦潜好不容易夺下她的酒杯，连哄带劝地将她带出了酒馆，心里盘算着，看来以后还是不带她出来喝酒比较安全。

明明是他心情不好出来喝酒的，结果她却在提起辛钊之后，想起这些天来的烦心事，难过得一发不可收拾，一人饮酒醉。

秘书看着这醉醺醺的两人，免不得多说了几句："副总，这要是让秦总知道，你恐怕又得挨训了。"

秦潜也喝了不少酒，头有些晕乎乎的，没好气地回答秘书："这不是叫你来了吗，要不我早就自己开车送她回去了。"

两人绕了一大圈，将未见送回家，直接扔客厅的沙发上了。

临走时，秘书还有些不放心地问："就让秦小姐这样？"

秦潜头疼得要死，没好气地说："没把她丢酒馆就不错了。"

他们并不知道，前脚他们坐着电梯下去，后脚未见就迷迷糊糊地出了门。

林栩之看着倚在自己门口醉醺醺的女人，下意识地皱起眉："秦未见，你喝酒了？"

"林栩之，你是不是不喜欢我了？"未见没有回答林栩之的问题，而是委屈巴巴地望着他，摇摇晃晃的身体眼见着下一秒就会摔在地上。

林栩之叹了口气，赶紧伸手扶住她，将她带进自己家，扶到沙发上坐好。

"先喝口水，我去给你找蜂蜜泡水喝。"林栩之转身想去厨房。

却不想未见不知哪里来的力气，一把拉住他，因为喝了酒，她脸颊红彤彤的，身形不稳，不过她还是恶狠狠地看着林栩之："林栩之，我要和你分手。"

"你说什么?"林栩之半眯着眼睛。

话开了个头,后面的也就一股脑地全说了出来:"反正你好像也不是那么喜欢我,告白的时候,好像也没有多么真心,甚至我发生那些事情,你也不过只是指责了我一番,甚至还和我撇清关系,故意冷落我……"

林栩之还从来没有面对过这种情况,未见一边说一边哭着,看得他的心莫名地一揪,尤其是在她说了分手之后。

他有一些手足无措,连说话都有些微微的颤音:"那个……你先别哭,我去给你泡蜂蜜水,喝了睡一觉再说这些。"

"你说喜欢我的时候,一定是敷衍我,担心我会一直坚持让你相信我有预见能力,你觉得烦了,就用这个方法对付我,哪知道我会接受,让你骑虎难下,现在你就想要用这个方法来摆脱我,你就是个大骗子……唔!"

未见后面的话,全被林栩之堵在了嘴里,他没有想到未见会想这么多,也没有想过她会那么不自信,那些话从她嘴里说出来,入了他的耳,戳着他的心。

这些天,他又何尝不是在等她。上次离开的时候,他说了让她解决好之后再来找他,是因为他相信她能够处理好,从来不看娱乐新闻的他，一直都在关注那件事情，看到她的澄清视频会觉得开心。

唇齿间的辗转，有些微微的咸味，带着浓浓的酒味，不知觉间，他想要更多。

这样缠绵轻柔地吻着，手不自觉地从未见衣服下摆伸进去，顺着她的背，摸到她那道伤，一直向上，直到遇到阻拦。

最后，林栩之忽然停下手上的动作，放开未见，他确实急切地想要什么，可是他并不认为这是合适的时间，未见醉得意识模糊，他并不想乘人之危。

稍稍平复了之后，林栩之认真且笃定地看着未见，强调："秦未见，你给我听好，我说爱你，就是我爱你，不是敷衍，是想一直和你在一起直到死，更不会后悔，这些天没有去找你，是因为你没有来找我，你要是再胡思乱想，说要分手，我不介意把你催眠得什么都不记得。"

未见呆愣愣地看着林栩之，片刻后，傻乎乎地笑着，脸上还有泪痕，张着手扑进林栩之怀里："林医生，我头疼。"

"我去给你泡杯蜂蜜水。"

林栩之端着蜂蜜水回来的时候，未见已经在沙发上睡着了。他将她叫醒，让她喝蜂蜜水，喝了那么多酒，不喝点东西解解酒，明天起来还不得难受死。

　　未见没精打采地喝完林栩之递过来的蜂蜜水，半眯着眼睛好像马上又要睡过去，无奈，林栩之只能将她抱到自己的卧室。

　　未见睡觉的样子很乖，以前在他办公室也是，小小的沙发上，不用他催眠，她也能动也不动睡上一个下午。

　　那张总是和他对着干的嘴，也只有在这种时候才会乖乖地闭上，她大概是他见过最麻烦的患者，永远不按预约时间来，什么时候想来了就过来了，大多时候，都是要他打电话催的。

　　他伸手拂了拂她额前的乱发，在出演《青禾寂寂》时的黑发，不知道什么时候被她染了个灰褐色，没有黑色那么古板，不过光线暗的时候，其实看不出什么区别。

　　还真是爱折腾，林栩之想着，却并不觉得讨厌。

　　"林栩之，我好像真的喜欢你了。"她咕哝一声。

　　林栩之轻轻笑了，不知道是谁，十分钟前还跟他说要分手呢。

远　辰　落　身　旁

第十章

第五态

"未见，一颗我们肉眼能够看到的星星，或许是经过了几光年、几十光年、几百光年的长途跋涉，才出现在我们的眼里，而我们那么轻而易举在一起，更应该珍惜的。"

01

半夜，未见渴醒过来。

她开门摸摸索索地去找水喝，迷迷糊糊间，对自己闯进林栩之家的事，已忘得一干二净。

"睡醒了？"

"呀！"身后忽然传来的声音吓了她一跳，她猛拍着胸口，在看清是谁后，不满地抱怨，"差点被你吓死。"

林栩之没有回答，只是伸手按开厨房的灯，应该是听到未见的动静醒了过来。

未见喝完水，才意识到林栩之一直在看她："你怎么会在这儿？"

"这是我家。"林栩之耸了耸肩，声音带着点刚睡醒的沙哑，语调温柔。

未见反应过来，疑惑地看了看四周，才意识到问题所在："我怎么会在这儿？"

"你让我去问谁？"

被林栩之这么看着，未见瞬间想起之前自己喝醉酒做的那些事情，羞愧得要死，来不及多想，连忙说了句再见，就直接往门外跑，甚至不小心撞了下鞋柜。

可三分钟后，未见再次出现在了林栩之家门口："我忘记带钥匙了。"

"你们家不是密码锁吗？"林栩之毫不留情地拆穿。

"前段时间坏掉了，联系售后一直没有来，这两天我用的都是钥匙。"未见眼神躲闪着，可怜兮兮地卷着衣角。

林栩之叹了口气，转身回了房间。

未见赶紧跟在他身后。林栩之指了指房间："你睡那儿。"

"林医生，你简直就是世界上最好的人。"未见幅度很大地鞠了一躬，迅速逃去了房间。

清晨，未见一早起来，瞅着自己这副样子，就烦躁地咒骂了一句，然后不好意思地问林栩之："林医生，我能在你这里收拾一下自己吗？"

林栩之也没起来多久，正准备做早餐，微微看了一眼未见："嗯，衣服已经帮你放在浴室了，可能会大。"

　　未见一听，眼神发亮，毫不吝啬地称赞："林栩之，没想到你居然这么贴心。"

　　"别以为这样说，事情就会这么算了。"林栩之冷不丁地提醒。

　　对于她动不动就提分手的行为，林栩之觉得有必要管管，对了，还有喝酒，喝完酒胡说八道就算了，居然还到处乱跑，就算是跑到他家，也不能这么轻易放过。

　　林栩之还真的是什么都准备好了，甚至还提前到楼下的二十四小时便利店买了洗漱用品上来，想起昨晚喝醉酒冲动上来找他，虽然有些后悔，但仔细想想，好像也不错。

　　洗了澡，洗了头，未见终于觉得舒服了些，大概是对林栩之家太过熟悉，她也就没有什么扭捏，至于身上这件松松垮垮的衣服……

　　未见一蹦一跳地到厨房门口："林医生，怎么样？"

　　林栩之看了眼站在门口的未见，中肯地评价："大了很多。"

　　"啊，好饿呀！"说着，未见伸手去拿一旁的吐司。

　　可还不等她拿到手，林栩之就把吐司移到了旁边，说："没说让你吃。"

　　未见扁了扁嘴，委屈地在餐桌旁坐定，虽然昨晚她喝醉了，但是后来仔细想想，还是能够记起来发生了什么，只是林栩之现在这个态度，真是过分。

林栩之将所有东西在桌上一一摆好，看着未见，难得严肃地坐着，半晌没有说话。

“林栩之，那个，我应该可以吃了吧？”说着，她伸着手去拿摆在中间的早餐。

林栩之忽然拿筷子敲在她的手上：“不可以。”他的样子严肃极了，眼睛一动不动地盯着未见，“反思一下自己哪里做错了。”

未见舔了舔唇，看了看林栩之，犹豫了半天，开始做自我检讨：“林医生，对不起。”

“嗯，说原因。”

“我不应该去喝酒，还喝得那么醉，半夜麻烦你。”

“没了？”

未见本能地摇头，她能想到一个就不错了。

“秦未见，你下次再敢随随便便提分手试试。”

原来是这个。

未见整个人顿时一㞞，想起上次辛钊宣布分手时，他打电话来的那个样子，她想着应该怎么样认错才比较有效。

正好在这个时候，突然有人敲门，未见瞅准时机朝门口跑去，那速度，怕是以前体育考试都没跑那么快，只是一开门，她就傻眼了。

门口站着一个女人，五十岁左右的样子，看上去很温和慈祥，可是未见却忽然紧张起来，没道理的。

林栩之见她开门半天没有反应，疑惑地看过去，在看到门口的人后，下意识地皱起眉："妈。"

林母微微点了点头。

林栩之倒是没觉着有什么，面色如常地去鞋柜拿了双鞋，顺口问道："您怎么突然过来了？"

"路过，就顺便来看看，这位是？"林母倒是平静得很，看了眼桌上的早餐，又看了看未见，一直浅浅地笑着。

未见从林栩之开口叫的那声"妈"开始，就已经灵魂出窍，这会儿根本就没听见林母在问她。

林栩之赶紧将未见拉到自己身边，平静地介绍："这是未见。"又对未见说，"这是我妈。"

被林栩之一扯，未见总算回过神来，看着林母，笑着说："伯母你好，我叫秦未见，漓京艺校毕业，现在在漓京剧团当话剧演员，会洗衣会做饭——"

被林栩之握得手上一紧，未见才反应过来自己说得有点多："那个，对不起，伯母，没什么事情的话，我就不打扰您和林医生了。"

林栩之眼疾手快地扯住未见的衣服，低声警告："秦未见，你要是敢这个时候逃跑试试。"

未见本来打算溜走的动作一顿，僵在原地。

林母被未见这个样子逗笑，虽然对于儿子突然冒出来的女朋友，免不了有些惊讶，但在几句话之间，她觉得这个小丫头很有意思。

"未见是吧，不用这么怕我，我有那么可怕吗？"

"没有没有，伯母那么美，还那么温柔，我只是有点紧张，有点紧张。"未见赶紧解释。见家长本来就已经是一件很严肃的事情，可现在，先不说她在林栩之家，更何况她身上还穿着林栩之的衣服，情况看起来，不能再糟糕了。

林母温柔地安慰："你紧张干什么，干坏事的又不是你。"

"啊？"未见一愣，随即反应过来，赶紧解释，"不是的，伯母您误会了，我是因为没有带钥匙才借住在林医生家，我和林医生绝对规规矩矩、清清白白。"

林母倒也不深究，看了看餐桌："那不介意坐下来陪我吃顿饭吧？"

未见愣了愣，连忙点着头答应："啊，好的，好的。"

难得见着未见紧张到语无伦次，林栩之在心里暗笑。

他又看了看母亲，情况应该还算可以，母亲向来不是什么挑剔的人，未见虽然已经紧张到不知道怎么说话，却反倒让人觉得真诚。

林母本来也不喜欢多问什么，何况该知道的情况，未见基本上已经全都招了，一顿饭下来，其乐融融。

临走的时候，林母嘱咐林栩之，什么时候让双方家长见个面，还不忘跟未见说："伯母很喜欢你，有空让阿栩带着你来我们家。"

"谢谢伯母。"未见连忙笑着道谢。

林母走后，未见好一阵没缓过那份紧张劲，一个劲地拍着胸脯说："太紧张了，比老师抓到干坏事还紧张。"

"胆子真小。"林栩之一边收拾着餐桌，一边嘲笑她。

未见不服气地冷哼一声："好意思说，那可是你妈，我要是表现不好，万一以后她对我印象很差，然后非要我们分开，然后我们的爱情就因为抵挡不了家庭的阻隔而不得不分开，想想就惨。"

"可是昨天不知道是谁信誓旦旦说要分手。"

"对不起！"

"以后再给我喝醉酒试试。"

"保证不会了，就算喝醉，也绝不说分手。"

　　双方家长见面，全权由林栩之安排。那段时间，剧团那边还有年底的几场演出，除了需要提前过去排练，还要赶去别的场地，算是忙碌的一段时间。

　　《青禾寂寂》也很快就定档了，在明年的三月开播。

　　春天，时间很好。

　　双方家长见面的当天，未见正好有一场演出，不能按时到场，他们也都理解。

　　只是未见有些担心崔女士，崔女士向来强势惯了，说话总免不了给对方一些压迫感，她又不在，林栩之的父亲她之前见过一次，是个很严肃的人，不过林栩之告诉她，见面的情况挺好，家长们有说有笑地聊着天，他都快成背景了。

　　话剧开始的时候，未见随意往观众席一扫，傻眼了。

　　她没有想到他们会来看她的话剧演出，突然间，心脏没来由地一紧，应该是感动的。

　　大概是想好好表现，未见这场演出获得了前所未有的成功，她想着不能不卖力演出呀，不管怎么说，在家长看来，演员这个职业，并不是那么讨喜。

　　表演结束后，导演在后台都忍不住夸未见，又偷偷进步了。

　　饭店是林栩之提前订的，是左北牧旗下的中餐厅。

　　托了燕沁的福，左北牧在前不久送了未见一张免单卡，拿着那张卡在左氏旗下的任何一家餐厅都免单，重要的是，未见很喜欢左氏厨师的手艺。

　　对于这个事情，林栩之其实有些不高兴，不管怎么说，双方父母见面，应该由他结账的，现在这么一弄，反倒显得他没诚意了。

　　未见倒不觉得，用她的话说，那可是她差点丢了性命换来的，而他是那个救她的人，理所当然必须享用。

　　林栩之说不过她，干脆由着她来，反正省下这一顿的钱，早晚也都是她的。

　　未见婚期传出来，是在半个月之后。

　　由秦氏出面发的说明，时间是明年的五月，日子双方父母特意找人算过，说是个好日子。

　　未见没想到，婚讯自己竟然是最后一个知道的，免不了有些生气。

　　"林栩之，我没有想到你这么不可靠。"

　　林栩之已经习惯了她忽然敲自家的门，明明在不久前已经给过她一把钥匙了，可是好像她还是很喜欢敲门，似乎敲门才能表现她此刻的愤怒。

　　"这事可不能怪我，当初他们问的时候，可是你说的什么时候都可以的。"林栩之无奈地笑着，给未见说明事实。

未见愤愤地说："我那就是客气客气，他们怎么还真就落实了呢，我的演艺事业才刚刚起步，怎么这么快就走向灭亡。"

"放心，你的演艺事业靠的是实力。"

"那也不行。"

婚期发布不久，未见有事去了一趟电视台，因为她重新回来拍电视剧的消息，加上《青禾寂寂》话剧的成功，一个长期和秦氏合作的访谈节目就邀请了未见。

结束了节目出来的时候，正好在门口碰见同样录完节目出来的于归雪，说起来，自从上次在甜品店见过一次面之后，两人各忙各的，就没再遇见过。

"真巧。"于归雪主动和她打招呼。

未见笑了笑："是有点巧。"

已经入冬很久，再过一个月，就要过年了，天气也冷了下来，未见向来怕冷，这下更是将自己缩在厚厚的羽绒服里了。

"去哪儿坐坐？"于归雪建议。

未见没有拒绝，只是担心助理在车上等可能会冷，就让她跟着一块去了。

于归雪看她这个样子，忍不住感叹："在你身边工作应该很幸福吧，哪怕是个助理，待遇都比别人好很多。"

"也没有啊，别忘了我可是什么事情都不会管，读书的时候交给阿沁，工作之后交给了秦潜，直到我去了剧团，现在我也是，连个经纪人都没有，事情全是她一个人在做。"

于归雪忍不住拆穿："别以为我会看不出来你在有意培养她。"

未见笑了笑，没有解释，自己表现得有那么明显吗，连于归雪都看出来了。

"恭喜你。"

等上餐的过程中，于归雪忽然道。

未见一下还没反应过来，迟疑了一下，才说："谢谢。"

"会邀请我吧？"

"会的，到时候你别又被各种活动扯着脚过不来就好。"未见忍不住打趣。

于归雪轻笑一声，语气带了些自嘲："活动大不了推掉。没想到啊，你居然这么早结婚，以前我们还猜测，你那么优秀，家庭条件那么好，说不定会和哪个富豪联姻呢。"

"看来你们私下里讨论过我不少啊。"未见忍不住感叹，"所以你们一直都不看好我和辛钊吧。"

"算不上不看好，而是总觉得你和辛钊不是一个世界的人，那时我以为是你配不上辛钊，现在想想，辛钊怎么配得上你呢。"于归雪自顾自感叹着，让人看着莫名地心疼。

未见张了张口，却不知道应该说什么，于归雪应该是很喜欢辛钊的吧，喜欢到不择手段。

"林医生可比辛钊差多了，也不是什么富豪。"

于归雪笑了笑，没有接着往下说。她不了解林栩之，评价完全无从说起，不过见过几次林栩之来剧组接未见回家，也见过林栩之那天抱着她焦急离开。

应该是一个很爱她的人吧，那么其他的就不那么重要了。

临走的时候，未见让于归雪送自己一张签名照，正好于归雪的助理带了相片。于归雪嘲笑她居然还学着别人追星了。

未见无奈地耸了耸肩，解释着："林医生一个朋友特别喜欢你，前段时间知道我们认识，就托我问你要签名照，我这不是做个顺水人情嘛。"

"看来我还有那么点魅力。"

"魅力大着呢。"

02

在过年之前，燕沁邀请未见去林遥山庄玩，说是辛苦工作了一年，总得给自己几天假放松放松。其实不过是觉得和左北牧单独去，不合适。

未见想起之前那次的意外，死活不肯再去放松度假，尤其是左北牧还用可能会看见流星这样的借口。

那次意外，已经彻底改变了未见对于流星的看法，如果说，之前看到流星，会觉得很美好，很浪漫，那么现在，她总是有些后怕。

"3·18事件"的原因出来了，太空中，某小行星毁灭，碎片四散，最后，因为某些引力，有碎片坠落在苑山县。

听起来好像合情合理，不过未见没有放在心上，身体出现的那个奇怪现象，好像已经成了她的一部分，大多数时候，她已经习惯了尽量不和别人接触。

她只是一个人，成不了神，何况，她并不想让林栩之担心，哪怕这种想法有些矫情。

最终不知道林栩之从哪里听到了这个事情，特意说请假陪她出去玩玩。未见说不过，只能被林栩之牵着鼻子走。

她突然有些后悔，找了个心理医生做男朋友。

出发当天，漓京下了小雪，很好看，未见穿着一件厚厚的羽绒服，是拍戏时穿的那种，从头包到脚。

林栩之也是在这个冬天才知道原来未见这么怕冷。

坐在车上，未见握着手里的水壶，里面是事先装好的红糖水。她这两天正好生理期，本来就体寒，这几天总是格外比别人难受。

去林遥山庄还有两个小时的车程，他们打算去一个星期，带了不少吃的，左北牧说要雪地烧烤。

路上，明明车内的暖气已经开得很足了，可未见还是觉得冷。

"林栩之，你说你是不是刻意报复我。"未见忍不住抱怨。

"我要报复你，也用不着用这个方法，只是觉得过完年你就要开始忙，正好这段时间空着，应该出来玩一玩。"林栩之说得有理有据，"何况，你不是说很喜欢雪吗？"

"可是我怕冷啊。"未见没好气地说。

越往山上，雪就下得越大，为了安全着想，两辆车都开得很慢，慢吞吞地到达目的地的时候，已经是四个小时之后，不过却正好赶在午饭时间，山庄的负责人早就准备好了午餐。

未见一下车就冷得打了个哆嗦，下意识地往林栩之怀里蹭了蹭。

燕沁知道未见怕冷，早就让左北牧找人准备了炭火。这里是木制的房子，没有装空调，夏天凉爽，只是冬天就有些难熬。

　　未见现在看到什么热的都像是看到了再生父母，也不管是空调还是炭火，总之是热的就好，以至于后面好些天，未见都很喜欢厨房的灶台，主动担起烧火的活儿。

　　厨房空间小，负责烧火的话，整个人都像是被火围着，热乎乎的，重点是，她没一会儿就掌握了烧火要领。

　　晚上，左北牧提议烧烤，可是天不遂人愿，从下午开始，就一直下着很大的雪，地上都已经堆了厚厚的一层。

　　既然不能烧烤，就干脆换了个别的项目——打雪仗。

　　明明是个幼稚的游戏，可大家居然都来了兴致，不过并不包括未见，她现在恨不得缩在被窝里，再也不出来。

　　"未见，你真的不来吗？"燕沁穿着从山庄负责人那里借来的雨靴，咯吱咯吱地踩在雪上。

　　未见站在屋檐下，抱着一个热水袋，整个人埋进帽子里，使劲摇着头："不去，我看看你们就好。"

　　"那好吧。"

　　他们随便就分了两个队，与这里的工作人员一起，还有两个小孩子。也不知道是谁开始的，总之没一会儿，大家就陷入了混战，互相进攻，互相报复。

　　未见远远地站在外围，看着他们玩着，一时有点心痒痒。

　　忽然，不知从哪里冒出来一个雪球，直接砸在她的头上，好在戴着帽子，倒也不冷，可当她看到一脸得意的林栩之时，下意识地就追了过去。

　　"林栩之，你给我等着！"她将热水袋往旁边的架子上一放，顺手从地上抓了一把雪，直接朝林栩之打去。

　　林栩之并不打算反击，只是闪躲，不过这就足够让未见追上好一阵都砸不中。

　　未见气急败坏地跺着脚，却从没打算放弃，直到最后，大家都玩得差不多了，才因为林栩之让着，砸中了一次。

　　因为跑热了，又出了身汗，大家都纷纷去洗澡。

　　房间的浴室留给了未见，林栩之另外找了一间空房，这里只有他们几个，而空房间很多。

　　未见洗完澡出来的时候，林栩之已经躺在床上了，她笑了笑，钻进被窝，往林栩之的怀里靠。

　　林栩之顺势将未见的手握在掌心，轻轻揉着，晚上没有戴手套碰了雪，担心她会冻伤，何况他还有一件事要做。

戒指套在未见手上的时候，林栩之明显感觉到未见一怔。

她迅速从他怀里挣开，坐起来，看了看手上的戒指，说："林栩之，原来你早有预谋。"

"求婚，应该也不算太晚吧？"林栩之将自己撑起来一点，将未见拉到自己怀里。

未见盯着手上的戒指想了想，故意装着略微失望的样子："看在戒指还算好看的份上，勉为其难地答应你吧。"

林栩之顺势在她脸上亲了亲，并不在乎她的"勉为其难"，只是抱着她的手更紧了，恨不得把她嵌在怀里，再也不松开。

第二天是个大晴天，不过因为融雪，反而更冷了，未见自己缩在被窝里不说，还扯着林栩之也不让他起来。

"不行的，你要是走了，我一个人会冻死在被窝里的。"未见可怜兮兮地抱着林栩之，就是不肯放他起床，哪怕现在已经早上十点了。

林栩之忽然凑近秦未见，在她耳边说了句话。

未见霎时红了脸，果断松开手，放他离开。

"你真的不打算起来吗？今天左北牧说要去钓鱼。"林栩之穿衣服的时候，还忍不住诱惑未见。

未见缩在被窝里，当作什么都没有听见，只是脸已经红透了。

明明已经是个大姑娘了，可是当林栩之在她耳边说着那样的话，她还是会觉得害羞，瞬间脸红。

"秦未见，你知道早晨是男人最有精神的时候吧。"林栩之居然在她耳边说这样的话，真是羞死她了。

剩下的几天，天气很好，基本上都是大晴天，左北牧成功完成了雪地烧烤的计划，还把周围玩了个遍。

未见除了偶尔实在受不了林栩之的软磨硬泡跟着出去玩了两次，基本上都躲在屋子里，陪着山庄里的两个小孩。

"未见，晚上我们出去走走吧，左北牧说今晚山顶可能会看到流星。"最后一晚的下午，林栩之锲而不舍地游说未见。

"不去，晚上那么冷。何况流星有什么好看的，再等着被砸吗？"未见连头都没有抬，陪着小孩玩着最幼稚的扑克。

林栩之没法，只能一字一句地控诉未见："我这个有未婚妻的男人，怎么到最后，居然比左北牧还惨，秦未见，你过意得去吗？"

"林栩之，没有用的。"

"我们好不容易来一次，你却把时间都浪费在了这里，合适吗？何况，这都是最后一天了。"

未见抬头看了他一眼，漫不经心地回答："我可是一开始就反对来这儿的，何况你也可以陪我坐着聊聊天。"

"秦未见，你真是气死我了。"

未见看着林栩之愤懑而去的背影，无奈地摇了摇头，继续和小孩子玩纸牌，她也想去啊，可是谁叫外面那么冷。

唉！

最后，未见还是跟着林栩之一块去了。崔女士说过，女孩子可以有脾气，但不能变成无理取闹，变成恃宠而骄，变成自私。

来了这么多天都是林栩之在迁就她，最后一次，就让她来迁就迁就他吧。

林栩之知道未见怕冷，给她准备了一双厚手套，担心路不好走，还一直紧紧抓着她的手。

下了雪的山路并不好走，燕沁和左北牧两人个高腿长，没几下就跑到了前面，穿着臃肿厚棉衣的未见，个儿没有他们高，还那么怕冷，于是越走越慢。

"林栩之，你就是想要害死我。"未见一边走着，一边气愤地抱怨着。

林栩之无奈地笑了笑，却也不生气，牵着未见的手，慢悠悠地陪着她爬："我没有当孤家寡人的打算。"

"早知道就不应该心软！"未见愤懑地说。

"我的荣幸。"林栩之笑着，将水杯递到了未见面前。冬天爬山本来就要困难一些，而且这里的山路还不好走。

等他们终于爬到山顶的时候，先他们一步登顶的燕沁还忍不住打趣："未见，你这样真像个老弱病残。"

"你还好意思说，真不知道你们谁的主意，活腻了似的。"未见一边愤愤地抱怨，一边就近找了个干净的地方，不管不顾地坐下了。

燕沁幸灾乐祸地看着未见："左北牧可能就是想害死你这个救命恩人吧。"

未见没有力气和她斗嘴。

虽然现在才不过下午五点，但天已经全黑下来了。

"什么时候才能看到流星？"未见问了她最关心的问题。

左北牧有些不好意思地看着未见："晚上十点左右。"

未见只觉得晴天霹雳！左北牧的一句话，就像是给她判了个有期徒刑，因为这意味着，她还需要在这里等待五个小时。

她转头冲着林栩之问："晚上十点才开始，你这么早叫我来干什么啊啊啊？"

"看星星啊。"林栩之漫不经心地回答，顺势在她旁边坐下。

她怒视着林栩之，本来脱口而出要骂他的话，在手被他握住的那一瞬间收住。

她忽然想起不久前的某个晚上，他们因为害怕被娱记追上，而一路开车到江边，最后车没油了……明明就是几个月前的事情，现在想起来，好像过去了很久。

那时候，未见说她喜欢那些拼命发着光的星星，哪怕有些一直只是在借着别人的光。

想到这里，未见轻咬着唇浅浅地笑了起来，好吧，看星星就看星星。

林栩之忽然转头看向未见，眼神笃定且真挚："未见，一颗我们肉眼能够看到的星星，或许是经过了几光年、几十光年、几百光年的长途跋涉，才出现在我们的眼里，而我们那么轻而易举在一起，就更应该珍惜的。"

未见被说得一怔，有些不好意思起来："林栩之，没想到你还有说情话的天赋。"她往林栩之的怀里靠了靠，"我很喜欢听。"

不远处的燕沁恶作剧地大喊着"流星来了"，未见无奈地笑了笑，今晚就算没有流星，也应该很充实。

林栩之很少在她面前说情话，不过她每次听到，都让她更加坚定以后的路。

　　他们走到一起的路好像真的太简单太顺利了，简单顺利得甚至有那么一点点不真实，不过，谁说这样，他们就不会珍惜了呢。

　　未见下意识地摸了摸手上的戒指，虽然这是一次并不怎么让她满意的旅行，不过这一切又好像都挺好的。

　　没错，就是挺好的。

　　她已经开始有些期待明年的到来……

正文完

远　辰　落　身　旁

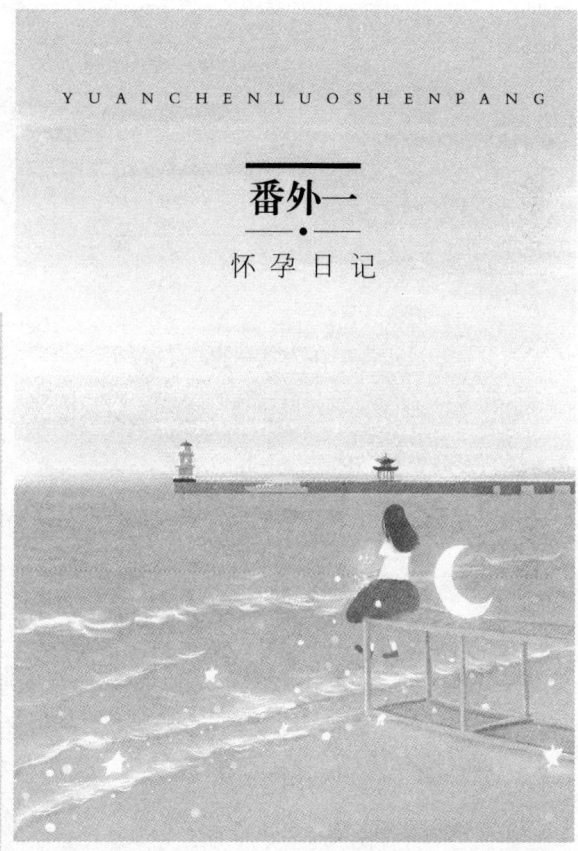

番外一
·
怀孕日记

未见怀孕的第一篇日记，是在医院写的。

那天，话剧排练的时候，突然肚子疼，送到医院一检查，说是先兆流产，幸好送得及时，稍微休息一下问题不大。

未见花了一个小时才消化了这个事情，大概有些意料之中的不知所措。

不一会儿，林栩之就赶了过来，寸步不离地守在她旁边。

还真是难得看见林栩之这么生气，上一次是她因为于归雪而受伤。

算起来，林栩之还真算是一个好丈夫，从去年五月结婚到现在，他们还没有吵过一次架，偶尔斗嘴倒是常有。

只是最近他们之间好像出现了什么问题，究竟是什么呢，大概是未见最近工作实在太忙。

《青禾寂寂》大火之后，约片、活动、代言一股脑地袭来，就算难得有空，也要忙剧团的事情。

和林栩之的联系，反倒全成了电话，甚至有时候还要隔上个把星期才通一次电话。忙起来的时候没时间想这些，可一闲下来，总归有些内疚的。

她让助理给自己买了一个本子。这个孩子虽然来得毫无预兆，但总归是一件好事。

故意趁着林栩之睡觉的时候，她才开始偷偷写日记，像个担心被家长发现的孩子。

第一篇，居然有些不知道写什么。

5月23日 天气晴

小家伙，你来得还真不是时候，不知道妈妈正在辛苦地帮你挣奶粉钱吗？

不过，好像又正是时候，虽然长时间忽略你都开始闹脾气了，不过还是得谢谢你呢。

现在好像还没有太多的真实感，医生指着那团完全看不出什么的阴影，说那就是你。我真的什么都没看出来，甚至毫无意识自己现在已经是一个母亲。

但你大可以放心，你爸爸应该可以照顾好我们俩的，毕竟他前面已经打电话给秦潜，呃，就是你舅舅，让他推掉了我大部分的活动。

现在呢，你爸爸明明辛苦工作了一天，却还是守在病床旁。

我悄悄地告诉你哦，你爸爸其实是个非常无趣的人，从来不会主动出去玩，每天除了看书就是看病，做事也总是一板一眼，讲个笑话还都是二十年前老掉牙的那种，你以后就会知道的。

不过，没关系，妈妈是个有趣的人。

至于，因为一直忙着工作，没有意识你到来的事情，你大可以忽略不计。

因为我已经被你爸爸教训一顿了。

最后，小家伙，感谢你的到来，因为我终于有借口可以偷懒了，要知道，待在你爸爸身边其实是一件很幸福的事情。

写完后，未见满意地将本子藏好，免得被林栩之看见。

直到很久之后，她发现日记底下多了一段评论：

第一，奶粉钱根本就不用你操心。

第二，你那不叫有趣，叫话多。

第三，你活该被骂。

第四，其实可以直接说，你爱我。

第五，文笔太差。

番外二

林夏于的碎碎念

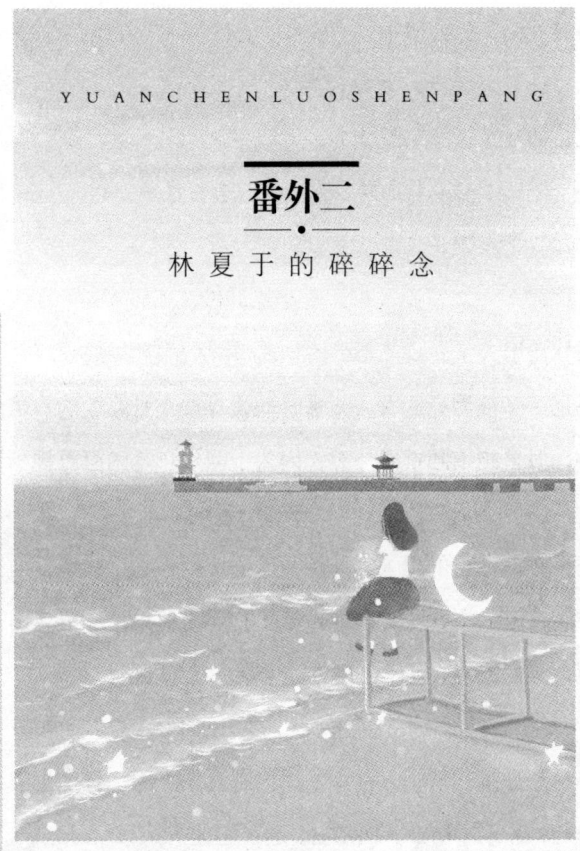

我叫林夏于。

妈妈是一个很漂亮的女人，平时勉强算得上是温柔的，虽然比不上燕阿姨，但是比于阿姨好一点，因为于阿姨总是凶巴巴地不许我叫她阿姨。

爸爸是个很帅气的男人，连幼儿园的班主任都这样说，他说话比妈妈要睿智得多，不过我更喜欢宋叔叔，因为他总是能够变出很多好玩的东西，但是从昨天开始，我更加喜欢左叔叔了。

妈妈总是很闲的样子，别人的妈妈都会去上班，看上去很忙的样子，但是妈妈从来不用去，偶尔去，也不过是和大家玩过家家。

可不就是过家家嘛，一群人扮演着各种角色，折腾一天，真是无聊透了。

重点是，居然不只是妈妈，就连平时看上去挺成熟的于阿姨，居然也喜欢这种幼稚的游戏。

自从上次，她骗着我去玩过家家，害得我累了一天之后，我就决定再也不陪着她玩了。

爸爸呢，没有什么特别的，就像妈妈说的，爸爸就是一个无趣的人。

不过，其实爸爸也有有趣的一面，就像每次宋叔叔想来抱我的时候，爸爸总是紧紧抱着我。

说什么宋叔叔想要，自己去生去。

爸爸真是搞笑，宋叔叔是个男人，怎么可能生小孩呢？

哦，对了，妈妈前段时间有事情，至于是什么事情，后来我才知道，是去了电视里面。

相比之下，爸爸的工作，辛苦得多。

爸爸工作的地方，我就去过一次。旁边的护士阿姨将我带在身边，然后我就听见爸爸和各种人说话，一直说一直说，说了整整一个下午。

哎，真是累人的活儿，难怪爸爸回到家话都变少了，应该是嗓子累了吧。

燕阿姨说要给我设立一个儿童品牌，让我当模特。模特是什么，其实是穿上好看的衣服，然后让人拍好多照片，也是累死人的活儿，不过事后那些衣服都是我的，倒是不错。

　　我让妈妈带我去左叔叔那里玩，这已经是这个月的第三次说过了，可是她总是说下次去。

　　下次去，下次去，下次去……我都等大半个月了，大人的话，果然不能当真。

　　今天学校提前放学，妈妈好像有事在忙，爸爸也临时走不开，于是拜托了燕阿姨来接我放学，不过，燕阿姨也有事，就让左叔叔过来接我。

　　幼儿园的小朋友还是第一次见到除爸爸妈妈之外的人来接我，尤其是那个看上去比爸爸还要无趣的班长，居然提醒我："林夏于，你这么笨，千万别被什么人给骗了。"

　　喊，我哪有那么好骗。

　　左叔叔带着我去吃了一份儿童套餐，还顺便给我买了一个冰激凌，我觉得不够，还多要了一个。

　　我拿着冰激凌一直舍不得吃，直到左叔叔的公司。

　　可是，我好像失恋了。

　　那个上次我来左叔叔这里玩，给我奶糖的大哥哥，身边居然站着一个女人！那个女人虽然没有我漂亮，可是，大哥哥和她说话的样子，和跟我说话的时候完全不一样。

真是讨厌死了，我以后再也不喜欢左叔叔了。

可我还不能哭，因为那个大哥哥说，我哭的时候，一点也不好看。

真是糟糕的一天，明天去问班长要巧克力吃好了，反正他书包里总是有吃不完的巧克力，每次都要硬塞给我。

至于现在，我要把冰激凌还给左叔叔，因为我太难过了。

远　辰　落　身　旁

脑洞嘛！
谁还没有不是！

看完这个故事，是不是觉得作者脑洞挺大的。
不管你服不服，"脑洞"这两个字发明出来，就是专治不服。
小花作者们的脑洞极限到底在哪里呢？
不如来比一比，看看这几个故事，谁的脑洞更炸裂！

▼

《以星辰之名》
木当当 著

你知道星年 224 年的世界吗？
你听说过改造人和再生人的不同吗？

这是一个关于未来的世界。
丢失记忆的女主，曾经是女杀手，后来是人形大杀器。
捡她回来的男主，其实身怀一颗永生石，是不死之身。
女配奉女主之名，从几十年后回来，杀掉还没进化的女主本人。
命运扑朔迷离，他们说拯救世界的方法就是杀掉女主……
但是，男主并不这么认为啊！

《孤独又璀璨的你》
包子君 著

你以为它是个这样的故事：

霸道总裁爱上平凡的女主，费尽心思地同租一套房，各种卖萌讨女主欢心。

漂亮迷人的闺密出现，竟是上司的前女友，但是真爱最终站在女主这边。

嗯。偶像剧的三角恋狗血剧情，很玛很丽很苏。

脑洞告诉你，它没这么简单：

平凡的女主不平凡，她竟是拯救地球的种子。

霸道总裁不霸道，他来自未来的皇家军校。

漂亮的闺密不简单，她是潜伏在女主身边的卧底。

警告！！！地球即将毁灭，必须牺牲女主，才能拯救地球！

《与他重逢的世界》
姜辜 著

恋爱脑的脑洞日常当然是恋爱！恋爱！！恋爱！！！

爱看漫画的少女难免会期待着从漫画中走出的少年和自己来场甜甜蜜蜜的热恋。

沉迷打游戏的小仙女，你们是不是也想和自己钟爱的角色来一段旷世奇恋呢！

慢热的非典型少女为爱打游戏——

为了离自己暗恋对象许沉言更近一点，她决定了，要和许沉言玩同一款游戏！

而且她要练的就是整个游戏中最难的英雄——尤金。

于是她开始了每天被队友喷的生活，在学习之余也抽了大量的休息时间与电脑作战，终于她糟糕的技术，过分虔诚的态度，让游戏里的尤金，忍无可忍地，跳到了现实生活中……

《远辰落身旁》
八月末 著

你以为这是个过气女星在陨石灾难幸存后，意外得到预知能力，从此要
开始逆袭之路的无脑金手指文。

其实我们在探讨平行宇宙最终的起奇点、思考费米悖论下的量子缠结、
寻找十一维空间里的暗物质、白洞，以及模拟太阳风穿梭千万光年后呈
现在我们面前的第五态……

是不是觉得拆开了每个字都认识，合起来都是什么鬼？
好吧，宇宙到底是什么不重要，重要的是：
哪怕忘记了过去，哪怕看见了混乱未来……
我不离，你不弃，我们跨越时间，让爱继续！

图书在版编目（CIP）数据

远辰落身旁 / 八月末著. — 南昌：百花洲文艺出版
社，2017.11
ISBN 978-7-5500-2501-1

Ⅰ. ①远… Ⅱ. ①八… Ⅲ. ①长篇小说－中国－当代
Ⅳ. ①I247.5

中国版本图书馆CIP数据核字(2017)第268941号

───────────────────────────────────

出 版 者　百花洲文艺出版社
社　　址　江西省南昌市红谷滩世贸路898号博能中心A座20楼　邮编：330038
电　　话　0791-86895108（发行热线）　0791-86894790（编辑热线）
网　　址　http://www.bhzwy.com
E-mail　bhzwy0791@163.com

书　　名　远辰落身旁
作　　者　八月末
出 版 人　姚雪雪
责任编辑　王俊琴　李　瑶
特约编辑　笙　歌
封面设计　刘　艳
内页设计　米　籽
经　　销　全国新华书店
印　　刷　长沙鸿发印务实业有限公司（长沙黄花工业园三号　邮编410137）
开　　本　880mm×1230mm　1/32
印　　张　9.125
字　　数　170千字
版　　次　2018年1月第1版
印　　次　2018年1月第1次印刷
书　　号　ISBN 978-7-5500-2501-1
定　　价　32.80元

───────────────────────────────────

赣版权登字：05-2017-447